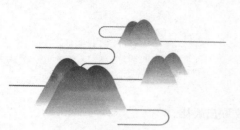

素影云屑

李兴林 著

中国文联出版社
http://www.clapnet.cn

图书在版编目（CIP）数据

素影云屏 / 李兴林著 . -- 北京：中国文联出版社，
2020.11

ISBN 978-7-5190-4348-3

Ⅰ．①素… Ⅱ．①李… Ⅲ．①故事－作品集－中国－
当代 Ⅳ．① I247.81

中国版本图书馆 CIP 数据核字（2020）第 171655 号

素影云屏

作　　者：李兴林			
终 审 人：朱彦玲		复审人：苏　晶	
责任编辑：周　欣		责任校对：潘传兵	
封面设计：杨　琼		责任印制：陈　晨	

出版发行：中国文联出版社

地　　址：北京市朝阳区农展馆南里 10 号，100125

电　　话：010-85923063（咨询）85923000（编务）85923020（邮购）

传　　真：010-85923000（总编室），010-85923020（发行部）

网　　址：http://www.clapnet.cn　　http://www.claplus.cn

E-mail：clap@clapnet.cn　　zhoux@clapnet.cn

印　　刷：天津旭丰源印刷有限公司

装　　订：天津旭丰源印刷有限公司

本书如有破损、缺页、装订错误，请与本社联系调换

开　　本：710×1000　　　　　　　1/16

字　　数：170 千字　　　　印　　张：12.25

版　　次：2020 年 11 月第 1 版　　印　　次：2023 年 4 月第 3 次印刷

书　　号：ISBN 978-7-5190-4348-3

定　　价：45.00 元

目　录

代序　一曲深情而豪迈的家乡赞歌 …………… 毛树林 001

第一辑　魂化心雨

歌从云雾来 ………………………………………… 003

心中的牵挂 ………………………………………… 006

益西卓玛和那片草原 ……………………………… 011

别样的周庄 ………………………………………… 015

第二辑　素影云屏

云屏的那些景致那些事 …………………………… 019

深山明珠云屏乡 …………………………………… 026

绿色的城堡云屏 …………………………………… 029

火红的灯盏花 ……………………………………… 031

白云深处号子来 …………………………………… 033

山乡农家春韵图 …………………………………… 036

山之魂 ……………………………………………… 038

水之韵 ……………………………………………… 041

天边的彩虹 ………………………………………… 044

父老乡亲圆梦记 …………………………………… 047

别样红叶别样情 ·················· 050

心　祭 ·························· 055

诗意的春天 ···················· 058

第三辑　红叶心雨

金润玉石党旗红 ·················· 063

儿子圣地看母亲 ·················· 072

梦中红梅 ······················ 077

不朽的红色音符 ·················· 079

宁死不屈 ······················ 081

红叶心雨 ······················ 083

薛凡的故事 ···················· 086

真情像春水流过 ·················· 100

第四辑　时代风采

故道天堑变通途 ·················· 105

四川的春天 ···················· 110

张家乡散记 ···················· 114

心　桥 ························ 118

解读两当 ······················ 128

初识普陀山 ···················· 131

方寸展室观斗转星移 ················ 133

去看红旗渠 ···················· 139

龙天寺重修记 ··················· 142

美丽乡村左家行 ·················· 143

太阳琅琊王氏的先祖 ················ 147

五月杜鹃映山红 ·················· 149

鱼池寺重修记 ··················· 153

火烧栈道 ······················ 155

心的呼唤 ……………………………… 157

习书做事立德 ……………………………… 160

玫瑰梦之恋 ……………………………… 163

一朵醉人的山花 ……………………………… 165

文脉韵致磁器口 ……………………………… 172

秋染桦林说广旭 ……………………………… 175

狼牙花飘香的时候 ……………………………… 178

后记　为活着的意义而写作 ……………………………… 181

代序 一曲深情而豪迈的家乡赞歌

——李兴林散文集《素影云屏》读后

毛树林

两当古称故道、固道，因境内有两当河而得名。两当县地处陕西、甘肃、四川交界的秦岭山区，素有"秦陇之捍蔽、巴蜀之襟喉"之称。两当历史悠久，文化底蕴深厚，自然风光秀丽，人文资源丰富。有《白莲花》的"出生地"黑河森林公园，有美丽诱人的云屏自然生态风景区，有红军长征和"两当兵变"的革命故事，有张果老和坤仪公主的神话传奇，有两当号子和棚民文化的民俗奇葩。这些丰富多彩的自然和人文资源，为广大文学艺术工作者提供了丰富的创作源泉，激发和催生了一大批土生土长的作家和诗人，创作出了很多贴近生活、贴近群众，融思想性、艺术性、时代性于一体的好作品。在这支创作队伍中，最活跃的一位就是两当县原文联主席、作家兴林兄。由于工作的关系，我和兴林兄接触较多，也偶尔读到他的作品，对他比较了解。最近，读着他的散文集《素影云屏》的书稿，仿佛走进兴林兄的灵魂世界，对他又有了更加深刻的了解。

读兴林兄的散文集，我首先读到的是——深情和感恩。他的散文正如他人一样，心直口快，心里想什么，就说什么。作品中无论写景还是叙事，都是直抒胸臆，基调上以抒情为主。兴林兄的作品不刻意玩技巧、章法，在天马行空似的抒情中诉说着对家乡浓浓的深情。兴林兄爱家乡的土地和亲人，他对家乡的描写是真诚的，字里行间流淌着浓浓的赤子情怀。他在后记中有这样的表白：我感恩故乡的山水，故乡的人，父母生了我，故乡的山水养育了我。《云屏的那些景致那些事》《歌从云雾来》《火红的灯盏花》《心中的牵挂》等作品便像故乡的山泉水一样自然而然，喷涌而出。

还有他对笔名山魂的解释，他说："之所以取笔名山魂，就是寓意父母生了我，故乡的灵山秀水养育了我。我是父母的儿子，也是大山的儿子。事实上故乡的大山和它儿女们的生死存亡也是息息相关。20世纪60年代初，山上的野菜和一种叫'救兵粮'的野果救了我的命，救了父老乡亲的命。我爱故乡的大山，我和大山的情结永远也割舍不断。后来虽然离开大山进了城，我因公因私还是时常回到大山之中，魂牵梦萦的依旧是故乡的大山。"正如艾青的诗句"为什么我的眼里常含泪水？因为我对这土地爱得深沉"一样，兴林兄怀着感恩之心爱着生他养育他的一方山水，更爱这片土地上生生不息的乡亲们，正是他对故土的眷恋和热爱，才使他的作品散发出一股浓浓的温暖和力量。

在兴林兄的文章中，还能感受到他对"家乡美"强烈的自豪感，这种自豪感或许就是激励他数十年痴情文学、笔耕不辍的精神动力。两当历史文化悠久丰厚，文化旅游资源丰富多彩，山美，水美，人更美。特别是近年来，经济社会快速发展，文化事业欣欣向荣，以"两当兵变"为代表的红色文化，以云屏为代表的生态旅游引起省内外的广泛关注，两当获"中国深呼吸小城""全国文明县城""全国绿化模范县""全国生态园林县城""中国绿色名县"等多项美誉。这些美誉的确让每个身在两当的人感到自豪，更让充满革命浪漫情怀的兴林兄自豪不已。他把两当城乡随处可见的闪光点作为描写素材，当作文学关注和倾诉的重点。他的大多数篇章是歌颂两当的山水人文之美，歌颂两当的新时代、新生活、新风貌，如《云屏的那些景致那些事》《歌从云雾来》《深山明珠云屏乡》《白云深处号子来》《解读两当》等文章。作者或抚今追昔，缅怀英烈；或纵情高歌，颂扬新时代，在讲好两当故事中，用文学赞美两当和家乡人民，给读者呈现出一个如梦似幻、美丽而神奇的故乡。

最后，我还想说，如果你不了解两当，我建议你读读兴林兄的这部书，它虽不能让你了解两当的全貌，但也能让你对两当了解个大概。因为兴林兄作品的内容，涉及两当的故道历史、山川地理、红色印记、经济社会、民俗风情、故事传说、文化旅游等方方面面。从某些方面来说，这部书是用文学的语言解说两当，宣传两当，它具有文学性和资料性的双层价值和意义。我认为，但凡一篇好文章、一部好书读完之后，总会给读者以愉悦和启迪，或者能够给读者传递大量的信息，对于《素影云屏》来说，这两点都做到了，而且，还做得比较好。

2018 年 6 月 22 日

（本文作者毛树林系甘肃文县人，陇南市旅发委主任，甘肃省作协原副主席、陇南市原文联主席、中国作协会员。）

第一辑

魂化心雨

　　我宁愿化作天空的星雨，洒向大地，并让星雨变作述说心灵的文字——心雨。

歌从云雾来

"云陪奴唱歌，雾和奴做伴，云是郎来雾是妹，永远不分离。"云雾中飘来村姑甜美的歌声，醉云、醉雾、醉人。

她宛如一朵美丽的奇葩，生在山中，藏在云中，裹在雾中，似云像雾飘散着，似有野草的青涩，又有山花的芳香。

云屏，一个颇具诗情画意的名字。她肯定和云雾有关，肯定和山歌号子有关。云中有歌，雾中有曲。云屏是云雾的天堂，是山歌号子的天堂。春风春雨，云里雾里。云压山巅，雾填沟壑。风吹云走，云牵雾动。山在云中，人在雾中。

"清早的起来哎雾沉沉哟，捞把的弯刀哎进山林啰，竹棍子割了哎几面坡哟，山歌子唱到哎日头黄啰。"一位男子汉粗犷悠扬的歌声伴和着鸟鸣莺啭，透过浓云密雾传来。抬头望，竖耳听，只闻歌声不见人。"山歌子好耶山歌子多，你歌的没有耶我歌多。屋里装了耶九箩筐哟，坡上还有耶几崖窠。"

山滴翠，岭染绿，鸟语声声绕云飞；云戴帽，雾搭桥，山歌阵阵醉人寰。穿云海，跨雾河，云翻山，雾绕梁。我腾云驾雾般恍恍惚惚从县城来到了"两当号子"的发祥地——云屏乡黄崖洞山下。云仍浓，雾还密，山不露面，洞不显身。云雾中飘来细细雨丝，山风中送来微微花香。山崖下，梁弯里，一座青瓦白墙，五梁八柱带三尺廊檐的大瓦房，像一位腼腆害羞的村姑犹抱琵琶半遮面，在浓雾中时掩时露。房前，几树梨花带雨白，一枝红杏绕窗来。几只山雀在梨花杏雨间飞来跳去，叽喳不已，屋后的椿树上不时传来布谷鸟清脆欢快的叫声。这一切给雨雾中的农宅增添了几多妩媚，几多雅趣。这是"两当号子"传承人袁正有老先生的故居。

我此行栉风沐雨，穿云踏雾的目的之一，为的就是拜访袁正有老先生。再听一回他那富有磁性的浑厚的带点野味的歌声，遗憾的是这回我的愿望落空了，袁老已于年前不幸病逝。我扼腕叹息，怅然若失……十年前我第一次拜访袁老，他虽已 70 岁高龄，身体还很硬朗。那也是一个天低云走，雾浓花香的日子，也是在这座老宅，袁老即兴为我们演唱了"两当号子"和几首山歌。他那浑厚嘹亮略带磁性的歌声，至今在我耳边萦绕。还有他那厚道热情，爱人敬人的性格魅力深深吸引了我。随后我又多次拜访袁老，遂成忘年之交。袁老粗识字，却酷爱音乐。他 15 岁开始学唱号子，一生演唱过上百首山歌号子。1957 年他和云屏乡的其他三位民歌手一起赴北京参加了全国民间音乐会演，并在中南海怀仁堂为党和国家领导人演唱了"两当号子"。从而"两当号子"上北京，名蜚一时，传为佳话。

正在我遐思冥想间，和袁家隔河相望的云雾中，号子声陡然而起：

"哟嗬哟嗬嗬哟嗬——丰收年唱的丰收歌哟，唱的粮食哟流成河。苞谷棒子金灿灿哟，高山的水稻哟笑弯腰。棉花如云谷如海哟，场上麦垛哟比天高。你问产量有多少哟，亩产千斤哟跑不脱……"

这不是袁老唱过的"丰收号子"吗？是他的歌声，高亢、粗犷、浑厚、嘹亮。是他在天堂为欢迎远道而来的朋友演唱吗！同行的友人告诉我，歌者是袁老的徒弟，我才从恍惚虚幻中回过神来。眼前，老宅虽在，物是人非。故人已闻天堂去，桃花依旧笑春风。所幸的是袁老的精神还在魂还在，号子还在歌还在。再过两天就是清明了，我来到袁老的坟前，折一束金黄色的迎春花插在坟头，聊表敬意和哀思。风在吹，雨在下，云在飞，雾在走，山歌从云雾中飘来，从天庭中飘来……

山风摧云云摧我，时不我待踏歌去。云屏盆地，白雾蒙蒙，细雨霏霏。一位村姑甜美婉转的歌声破雾而来：

"在那云雾缭绕的大山中，有我美丽的故乡云屏。青山滴翠是绿色的希望，五彩云霞是漂亮的衣裙。龙潭回倒影，飞瀑泻如银；黄杨花醉人，杜鹃映山红；栈道一线天，天门锁烟云。啊！我爱你如诗如画的云屏，我魂牵梦萦的云屏。

"在那鸟语花香的大山中，有我美丽的故乡云屏。梦回莺啭是天庭的山歌。勤劳善良是永远的乡魂；女俏男儿俊，人杰地也灵；板栗果累累，核桃已成林；溪游娃娃鱼，家养锦鸡鸣。啊！我爱你硕果飘香的云屏，我康泰富饶的云屏。"

透过云雾挪动的缝隙，隐约中的云屏盆地，阡陌纵横，清溪激溅，松柏掩村，翠竹绕屋，鸡鸣犬吠，雾浓歌欢。

云飞雾走，雾散云稀。时至午后，天开日出。到云屏高山草甸，看云低草长，闻鸟语花香，听牛羊哞叫，赏高山冰河。茂盛的草甸如绿海碧波，奇异的花草似孔雀开屏，游动的牛羊是撒在高山草甸上的颗颗珍珠，明澈的冰河是缠绕在高山草甸的玉带银波。花迎蝶舞，鸟鸣莺啭。风送云去，云载歌来。碰巧有号子歌手正在为游客演唱山歌："太阳落坡四山黄哟，照见河里么打鱼郎，打不到鱼儿早收网哟，缠不到贤妹哟早回乡。"小伙子唱得高亢激昂，山妹子唱得情深意长："草帽子哟十八旋，遮风挡雨带身边，妹送情郎当红军，常给阿妹报平安。春去秋来雁南飞，红军队伍到陕北，阿妹心中常牵挂，情郎几时哟才能归？"

夕照天边红霞飞，歌醉游人迟迟归。缠绵甜美的山歌让徜徉在绿波花海里的游客流连忘返，如醉如痴……

云屏的山歌醉山、醉水、醉人。

原载《甘肃日报·百花》

心中的牵挂

中秋夜，其实是一个极平常的中秋夜。一如往昔许许多多的中秋夜一样平凡无奇。

是夜，海蓝色的天幕上飘浮着朵朵棉絮状的白云，一轮丰润如玉的月亮像个害羞的少女，不时从云缝里钻出来露一下她浑圆的笑脸，又匆忙地转身躲进浮云深处去了。一缕缕清爽的夜风，吹得人神清气爽，院子里几丛开得正艳的月季花，随风送来淡淡的馨香。今年家中盖了新房，刚刚迁入新居。两个儿子也于近年先后参加工作，成家立业。今夜全家人的心情也和这风清月明、花香微醺的中秋之夜一样，格外地清新怡人。也难怪一个普通的百姓人家，还有什么比安居乐业、父慈子孝更值得让人舒畅的乐事呢？

为了这个欢乐祥和、全家团圆的中秋佳节，远在兰州的儿子和儿媳专程赶了回来，老伴也推迟了去西安探亲的行期。此时，家人和邻居都坐在院子里，一边赏月吃糖嗑瓜子，一边谈天说地论古今。唯有我一动不动地盯着西北方的天幕，一颗一颗地数着从云缝里漏出来的，不停地眨闪着眼睛的小星星。小儿子说："爸，你在看啥，那样的专心？"我说："我在看河西，看一个人。"众人愕然不解，只有在兰州工作的大儿子知道我此刻的心思，默默地陪我眺望着西北方的星空。

是的，我的确是在遥望着河西，心牵着河西啊……

至今，我一次也没去过河西。最早认识的河西是沙漠戈壁，是朔风苦水，是"春风不度玉门关"的千古悲叹。后来，我认识的河西是金张掖、银武威的赫赫声名，是千里河西、陇原粮仓的佳话美谈。再后来，我还知道河西有嘉峪雄关，有敦煌飞天，还有金昌的镍都，酒泉的航天城，肃南广袤的大草原……河西，是个神秘而富饶的河西，是个辽阔而美丽的河西。这一切，虽令我心驰神往，却都不是心之所牵，而真正令我心中牵挂的是在河西的一位乡邻，一位儿时的友人。

他于1977年考入西北师大中文系，毕业后被选调到省委机关工作。后由兰州调任河西某市，官至厅级，也算是位高权重的一方诸侯。准确地说，我和他只是一种儿时的伙伴关系，乡邻关系。几十年来，他与我天各一方。尽管岁月在添，年龄在长，时势在变，我们儿时的伙伴关系、乡邻关系没有变。只要见了面，无论他工作再忙，总要坐下来陪我吃一顿便饭，问一问家乡的故人，说一说家乡的旧事。自他调任河西，我心中时时挂念的是他，魂牵梦萦的依旧是他。

有一回在梦中，我千里迢迢来到河西，走进他的办公室，碰见他正在收受下属送上的红包，我心里特别难过。怎么，你也是个见钱眼开的贪官！我气愤地一巴掌打过去，手打疼了，也将梦给打醒了——原来是一巴掌拍在床头上。我经常写信告诫他，甚至几次在梦中叫着他的名字说，要警惕，千万不要被金钱和美色编织的神话所诱惑！你是河西人民的官，千万双眼睛在盯着你。权力是人民给的，你一定要善待手中的权力，善待你属下的人民。要牢记"水能载舟，亦能覆舟"的千古遗训啊！人间自有真情在。千里之外的这份心中牵挂，是否这种真情的使然？是否这种既为友喜亦为友忧的牵念？

熟人对我和他之间的这种感情大为不解，甚至惊讶道："凭什么？"是的，凭什么？他是厅级干部，我是普通职员。由于生性耿直，脾气倔强，不谙世故，可以说命蹇运背和我一直相伴。参加工作后先在乡镇，后调党史办从事党史编纂，一干就是10年。现在又做图书管理工作，天天与书籍报刊为伴为友。一家五口人，上有老下有小，仅靠我一人的工资维持生活，时常是经济拮据，入不敷出。权力我没有，金钱我也没有。凭什么？我也常常这样自己问自己。

凭什么？是否就凭那部岁月的摄像机所摄下的儿时的一幅幅倩影。

春末夏初的故乡云屏，山林中绿色茵茵，野花盛开。这正是山里人上山刨玄参、采山菜的好时节，也是我们儿时最感兴趣的事情。天刚麻麻亮，我和他背上几个"锅沓沓"①馍，便随着欢天喜地的乡亲们一起去"赶山"②。等到太阳露头的时候，赶山采春的红男绿女们，在各式各样娇艳欲滴的山花点缀下，已经把整个山野打扮得姹紫嫣红，生机盎然了。我们像冲出牢笼的鸟儿，在一望无垠的原始森林里愉快地飞来飞去。刨玄参，采蘑菇，拔崖蒜……欢歌笑语在丛林的缝隙间流淌个不停，把那平日里悄无声息的茂密山林，闹腾得似乎要蠕动了起来，欢笑了起来！我大他两岁，刨玄参、采山菜时，容易刨容易采的地方，我总是让给他。他人小手快，每回收山时篓满篮溢，而我的收获只及他的一半。每次，他总是要用他的收获将我的篓子添满，然后我们才一起回家。

夏至过后，三伏来临。故乡的那条潺潺小河，便成为我们最亲近、最难舍的朋友。每天一放学，我们突击完成为家中寻猪草的任务后，便脱得赤条条的泡在那条清澈透亮的河水里，像一条条欢快戏水的鱼儿一样，时而潜在水底，时而又浮出水面。最惬意的是凝神敛气、仰面朝天地躺在水面上，自由自在地随波逐流。此时，看天倒映在水面，看水又似流动在天际边，水天一色，天地融为一体。陶醉在这山光水色的美景中，陶醉在这大自然的怀抱里，方才感觉到了莽莽山水之旖旎，悠悠天地之辽阔，令人的心胸也出奇地开阔起来。我们沉浸在河水的柔和拥抱中，一时忘记了时光流逝，忘记了一切尘世之荣辱……一直到夕阳落下暮色来临，还舍不得往回走。为此常挨大人的责罚，我们照旧乐此不疲。而且，为了让我少受大人责骂，他和我常常争着承担贪玩的责任。逝去的岁月留下了他那令人难忘的身影，一幅幅，一幕幕，犹在眼前……

凭什么？是否还凭他那几十年未变的人格。

1992年，全省党史系统晋升职称。当时，我任助理编辑已满五年，符合晋升编辑的条件。通过考试、考察和省上的"中评会"等层层关口，最后材料报送到省有关部门，只差发文认可时，因我无大专学历而卡壳了。职称对我来说又太重要了，这不单是长几十元工资的问题，在一个

① 锅沓沓——苞谷面蒸馍。
② 赶山——上山挖药、采山菜。

冷背部门干了十几年，只有取得职称，才能求得社会对个人价值的认可。万般无奈时，我想到了当时在省委机关某部门任处长的他。

自他上大学后，我们已有多年没见过面了。那时我家庭负担重，单位的人际环境又不好，工作不顺心。平时和他也很少通信，偶尔他有来信，我无回音。但在省城除他以外我又无人可求，只有硬着头皮去找他。在走进省委机关的大门之时，我仍忐忑不安。心想，他还能认得我这个儿时的乡邻吗？见面后，才知道一切担心都是多余的。

他政务繁忙，会见客人一般不超过十分钟。那天他破例让我占用了半个小时。一见面我就说："我是平时不烧香，急了抱佛脚。""你说这话就见外了。"他边倒茶边说，"有什么事你尽管说，能办的我尽力办。你在党史办兢兢业业干了多年，还出了书。虽然没有学历，你的实际文化水平完全能够胜任编辑工作，况且国家还有破格晋升的政策……"在他的热心协调下，我终于得以顺利晋升编辑职称。

历史进入20世纪末期，子女就业成为每个家庭的一件大事。1996年，在我儿子上大学后他就说，朋友一场，给你也没有帮上什么忙，将来娃娃就业的事，到时我帮你联系一下。2000年，儿子大学毕业后，当时国家大中专学生的就业形势和就业政策都发生了重大变化。我所在的小县城学生就业都很困难，何况上百万人的兰州市。为了不使他为难和影响他的工作，我决定放弃要他帮忙的打算。他却依然如故："我说过的话一定要兑现，在不违反政策原则的前提下，给亲友该办的事还是应当办。如果为了自己的仕途，给亲友该办的事也不办，那不是无私，而是极端的自私！"他这一番掏自肺腑的话语，感动得我泪水在眼眶里直打转儿，说不出一句感谢的话。他为人的仗义和真诚，丝毫没有被岁月磨褪，依然像故乡秋天的山野里，那漫山遍野熟透的、红红的山丁子果，让人看上一眼便觉赏心悦目，尝上一口更感甘甜沁心了……

今夜明月如水，今夜金风依旧。在这盈盈的月光下，柔柔的秋风里，家人和邻居们尽情享受着中秋佳节的祥和与喜悦。但我无论如何都轻松不起来，是我多愁又善感，还是我心常怀忧？不，都不是！我分明感觉到奔涌在我胸腔里的，依旧是那份浓浓的牵挂之情！

今夜风清月朗，今夜注定无眠。远在河西的友人，你是否也和我一样，在这万家团圆之时，将回眸的目光朝这秦岭南麓的家乡频频眷顾？是否也和我一样在星光下静静沉思呢？明月千里寄相思。你可否收到我在冥思中传递给你的脉脉心声，是否感受到我顺风捎给你的衷心祝愿。

人常说，政声人去后。假若某一天，当你离开河西那片沃土时，河西的父老乡亲们还能否记得你的名字？还能否记得你为他们所做过的每一件贴心事？也许这就是我最为牵心的挂念，是我最想传递给你的夙愿。

原载《开拓文学》

益西卓玛和那片草原

益西卓玛

在我的印象里，益西卓玛就是草原上一株盛开的格桑梅朵，清新而亮丽。

那还是几年前，在全省的文化馆干部业务培训班上，我便认识了来自甘南草原的藏族姑娘益西卓玛。益西卓玛高挑的身材，一身白色连衣裙，更显她身姿婀娜，黑黑的长发披在肩头，瓜子形的脸颊白里透红，不是想象中的高原红。笑的时候两面脸颊便凸显出两个小小的酒窝，"咯咯"的笑声清脆得像草原上飞过的百灵鸟。她的两只眼睛像尕海湖的水一样清澈明亮，似乎摄取了草原上的无限风光和灵气。益西卓玛性格豪爽，热情大方。她人缘极好，和谁都能说上话。她就像游弋在尕海湖上的一只白天鹅，成天在学员之间飞来飞去，向大家讲述着草原的美丽和广阔，草原的神奇和故事。西梅朵合塘的花海，尕海湖的传说，格桑花的由来以及美丽迷人的扎尕那……草原上所有的美丽和传说几乎都装在益西卓玛的心中。

益西卓玛大学毕业毅然回到草原，立志为牧民服务。益西说，她根在草原，魂在草原，梦在草原。从此，她成为草原上的一名文艺轻骑兵。她和姐妹们骑着马，唱着歌，穿梭于帐篷和板房之间，给草原带来了无尽的祥和、欢乐。益西说她外婆家的牦牛生了一对龙凤胎，公牛犊是纯黑的"黑包公"，母牛犊是黑中带白点的"花蝴蝶"。在龙凤胎出生的那一刻，外婆甚至高兴地跳起了欢快的锅庄。外婆说，这是一个人畜兴旺的好兆头！益西说她同学格桑家的羊群赶出来能染白一面山坡，她阿爸放牧时还开着小汽车。益西说她喜欢下雪的草原。下雪了，她穿上带彩色织边的黑色藏袍，系上红色的腰带，头戴雪白的羊皮帽，足蹬长筒牛皮靴，然后跨上一匹红色的骏马，迎着飞舞的雪花，在那冰封雪裹的广阔原野上纵马驰骋，马蹄便会腾起一缕银白色的烟雾，马儿似飞驰在云里雾里。转眼间，人和马就成了移动在天边的那点飞红……

草原童话

黄河像一条碧玉缎带弯弯曲曲缠绕在玛曲草原上，日夜亲吻滋润着黄河首曲，亚洲第一的大草原。益西说黄河是上天赐予草原的一条圣洁的哈达。是的，青藏高原上那圣洁的雪峰，融化成千万条碧清的溪流，就像雪域高原上飘荡着千万条圣洁的银白色哈达。经千回百转，削岩切泥，最后汇聚成气势浩荡、气象万千的黄河流入草原。因此说黄河之水天上来。只因有了黄河母亲那甘甜的乳汁滋养，牧草才无比的翠绿茂盛，格桑花才无比的鲜艳欲滴，牧人才无比的幸福安康。

青翠欲滴的草地和远处的天际相接，空蒙辽阔，广袤无垠。芳草连天碧，白帐点点来。雄鹰在天空翱翔，柔风在耳边低语，牛羊悠闲地吃草，野花把草原点缀。一位牧人策马驰去，牧歌从天边飘来……草原的天空很蓝，云很低。白云仿佛就飘在头顶，似乎伸手可触。汽车跑，白云也跑。笔直的公路伸向远方，连接着天边的云彩，汽车总也跑不到尽头。或许这是通往天堂的路，尽头就是天堂，就是牧人心中的吉祥和幸福。多的时候，在草原上很难见到一个在户外活动的牧人。他们是不忍心打扰这草原的宁静？或者是怕惊扰了格桑天神的美梦？只有五色经幡时不时地飘荡在眼前的山坡上、草地上。车窗外，偶尔掠过的藏家村寨，都有一座镀着金顶的白塔耸立在村寨的中央。白塔下或男或女，或老或少的藏人，手摇经铃绕着白塔一圈又一圈，一天又一天无休无止地走着，似乎走不到天堂，步履绝不会停歇。

太阳亮亮的，风儿柔柔的。一群黑色的牦牛漫游在绿色的草地上，几头小牛犊围着它们的妈妈追逐撒欢。我想起益西外婆家牦牛生的龙凤胎，"黑包公"和"花蝴蝶"一定都长得很乖、很漂亮吧！一面翠绿的草坡撒满了白色的羊群，像是点缀在草原夜空的点点繁星。那染白一面草坡的羊群是益西同学格桑家的羊群吗？益西说她喜欢在下雪的草原上骑马飞驰，我想此时在这芳草连天，绿韵无边的草原上披白系红，放马狂奔，那也应该是一种十分惬意和特别豪放的感觉吧！

夕阳的余晖懒懒地洒在草地上，慢慢地被天际尽头的烟雾淹没。风儿歇了，鸟儿归巢了，羊儿回圈了。没有人声的嘈杂，没有鸡犬的鸣叫。只有草长的声音，只有花开的声音，草原静谧得能听见人的心跳。此刻，世间的一切仿佛都回归了原始和自然，回归了纯真和美好。

草原如祥和静美而又天真烂漫的童话。

格桑梅朵

是谁把一颗蓝色的宝石遗落在了西梅朵合塘的草原上？

我去的时候，西梅朵合塘盛开着蓝色的格桑梅朵。无数白色或黄色的蝴蝶在花间飞舞逗留，恋恋不舍。那蓝色的花朵组成蓝色的海洋，绵延十数公里。蓝接天际，地天一色。蓝色的格桑梅朵像披星带露的草原夜空，蓝得晶莹碧透，蓝得让人心醉。她犹如盛开在雪山之巅的一朵蓝色的雪莲花，晶莹圣洁而又静美无比。据说西梅朵合塘的花海还会随着季节的变换而变换颜色，夏初的时候，西梅朵合塘开着红的、黄的、紫的、粉红的各色格桑梅朵。那是一幅叠翠染彩、五色斑斓、万紫千红的草原诗情画卷。秋末，朵朵白色的毛莨花飘浮在西梅朵合塘枯黄的草原上，像是大海里荡漾的点点白帆。那自是一派万木霜天，苍茫壮阔的景象！

格桑梅朵译成汉语就是格桑花。格桑花盛开着草原的美丽和传说，装点着草原特有的风姿和妩媚。记得益西卓玛说过，格桑花在藏语里是幸福美好的意思。益西说，很久很久以前，草原上瘟疫流行，病死人畜无数。有一天，从遥远的西域来了一位活佛，采集草原上一种叫"格桑"的植物救治病人。他不辞劳苦，夜以继日，采集熬制草药，拯救了无数牧人的生命，扼制了草原上肆虐的瘟疫。而那位活佛却为救治病人奔波劳累，积劳成疾不幸病逝，再也没有走出草原。因为活佛没有留下姓名，牧民们为了纪念他，就把草原上最漂亮的格桑花视为活佛的化身，尊称他为"格桑活佛"。自此格桑花就成为藏族人心目中上天赐予的仙花——吉祥幸福之花。格桑活佛就成为藏族人心目中的天神。

原载《甘肃日报·百花》

别样的周庄

　　仲夏，因事路过周庄，同行的友人说，周庄到了，要不要去看一下。当然要去，周庄很有名气嘛。走进周庄，就感觉周庄很特别。北方的村庄粗犷、豪放、松散，而江南的村庄和江南的女子一样，纤秀、文雅、内敛。周庄以她温文尔雅的气质，含而不露的风韵深深吸引着我。周庄是谁的？我问，本意是想问周庄为哪市哪县所辖，友人笑我，周庄是全国首批历史文化名镇之一，是中国第一水乡，周庄当然是周庄的，是中国的。我想，周庄恐怕还是世界的。每天都有那么多的外国客人不远千里万里走进周庄，解读周庄。当周庄人还不认识周庄的时候，外国人已经在崇拜周庄了。这当然要归功于美籍华人画家陈逸飞一幅画周庄的油画——《故乡的回忆》，从而使周庄扬名世界。我也崇拜周庄，但绝非是她的表象，而是她内在的东西。

　　周庄是什么？她就是江南水乡一个普通的村姑。她并没有倾国倾城、沉鱼落雁的花容月貌，她和大多数江南女子一样，形体瘦削纤丽，着衣素净大方，裹一身白里透绿的丝织衣裙，醉卧于距苏州城约四十公里处的湖汊中。她在水波之上似睡非睡，似醒非醒，随波逐流，处变不惊。几百年过去了，她还是那样静静地躺在江南水乡的湖汊水巷中。轻风拂柳、莺飞燕舞、微波荡漾的时候，那就是她在幸福时露出的甜蜜微笑；晚风中飘来船娘阵阵轻盈温柔的歌声和淡淡的花香，那就是她在睡梦中发出的细语呢喃；入夜，湖汊水巷中的条条灯船亮起好看的彩灯，伴随着隐隐的丝竹声，那就是她为游人引航指路的心灵之灯和心与心的交流。周庄的静不是一般的静，白天没有广播的喧嚣，晚上听不见犬吠声。风浪突起时，她波澜不惊；山花烂漫时，她笑在丛中。有时她平静得如同这世界上没有她一样，其实她存在着。她从不浮躁张扬，从不刻意卖弄自己，然而，她最终却得到了世界的认可。这是否就是周庄最真实的美，最恬静的美。

我崇拜周庄，还因为周庄是一位伟大的母亲。她九百年来青春不老，容颜依旧。母亲的身体虽然瘦削单薄，但她有着海洋一样博大的胸怀。每天都有成百上千不同国籍、不同肤色、不同民族的游客拥进她的怀抱，她都一一笑脸相迎。周庄的"张厅""沈厅"就像母亲胸前两个丰满迷人的乳房，储藏着江南建筑文化、民俗文化和传统文化的营养丰富的乳汁。我来周庄就是为了吸一口母亲的乳汁，所有来周庄的人都一样。每天都有千百双脚踏进母亲的门槛，投入母亲的怀抱，吸吮母亲的乳汁。无论谁来母亲都一视同仁，乐于奉献。周庄中央的"双桥"和"富安桥"，就像母亲一对弯弯的眉毛和漂亮的眼睛。国人滞留桥前，是为了把"故乡的回忆"装进心中。洋人驻足观赏，是沉迷于江南水乡精巧玲珑、典雅古朴的建筑艺术。照相机、摄像机的镜头千百遍、千万遍地从母亲脸上掠过，她都忍辱负重，从无不悦之色。那天，一位外国客人指着"双桥"问，收钱吗？导游摆摆手，笑而无语。"双桥"是世界驰名的"双桥"，是母亲的宝贝。母亲养育儿女是无私的，不图回报的。无论是中国儿女，还是外国儿女，她都视为自己的亲生儿女。周庄不仅是周庄的，周庄还是世界的。

原载《甘肃日报·百花》

素影云屏

春末夏初的云屏，山林中绿色茵茵，野花盛开。赶山采春的红男绿女们，在各式各样娇艳欲滴的山花点缀下，将整个山林打扮得姹紫嫣红，生气勃发。

绿色的大山，清澈的溪水，白色的云雾，娇艳的山花，动情的山歌，传奇的故事，云屏，宛若一幅浓淡相宜的水彩画。

云屏的那些景致那些事

云屏是藏在两当南部崇山峻岭中的一颗绿色翡翠。云屏，有看不完的景致，有说不完的故事。

天门锁云

多数时候去云屏看"天门"如同雾里看花。

清晨，看护"天门"的仙女还没睡醒，她似乎在睡梦中伸手打翻了梳妆台上的花露水，跌落的花露水变成了轻轻的雾岚，静静地悬浮在天地间。稍后，那雾岚又慢慢地流动起来。"天门"和那参差不齐的重重山峦，全都笼罩在乳白色的浓雾中。流动的云雾似乎还意犹未尽，瞬间，将眼前的小河、村庄以及河边吃草的耕牛连同我们自己，也一并吞没于云雾中。挪脚踏雾，伸手触云。云跟风走，雾随人动。你我都在腾云驾雾，感受一回幻化成仙的感觉。身在云雾中，春梦入仙境。云雾飘走了，能把梦境留下吗？

淡淡的花香随云雾飘来，又随风飘散。这是黄杨花的清香，天门山上的黄杨树开花了。黄杨开出细碎的米黄色花朵，像是仙女撒下一串串米黄色的珍珠。过些时日高山杜鹃也该开花了。杜鹃花开的时候，是一种万紫千红的景致，山边的云彩就变成了一朵朵火红的晚霞。"苞谷、苞谷、苞谷、好苞谷！"布谷鸟柔和清脆的叫声由远而近，破雾而出……此刻，云雾、山峦、林海、山花、鸟语融化合一；空灵、顿悟、宽容、震撼、敬畏同时孕育。这是否就是生命融入自然时最和谐，最和美的时刻。

回头再看"天门","天门"像一位羞羞答答的新娘,仍将自己严严实实地裹在云雾织成的婚纱里,时隐时现,亦幻亦真,欲语还羞。看来没有足够的耐心,难睹它的真容。

关于"天门"还有一个耐人寻味的故事。

传说很久以前,天门山还叫铁门山,铁门里面是九天玄女的珠宝库。铁门山下有一个住茅庵,吃糠菜的穷放牛娃。替九天玄女看守铁门的两位仙女很同情苦命的放牛娃,便将打开铁门的一对石钥匙丢给了放牛娃,并告诉他子夜时分带上那对石钥匙打开铁门,挑选几样自己喜欢的宝贝带回家修房造屋,置田买地。放牛娃等到子夜,果然用石钥匙打开了铁门,山洞里金银珠宝堆得像山一样,他用一个粗麻布袋子装满珠宝背了一趟又一趟。他恨不得把山洞里的宝贝全都背回去,全然忘记了仙女让他鸡叫前必须离开的叮嘱。不知不觉鸡叫了,大铁门咣当一声关上了,贪心的放牛娃被永远关在了铁门里面。

上午 10 时后,太阳终于伸手撩开了"天门"神秘的面纱。只见天门山的悬崖峭壁上镶嵌着一扇形态逼真,高大伟岸的拱形石门。石门之上古松倒挂,苍藤横织,林海茫茫,云雾缭绕。石门似"天门",抑或石门就是天庭之门也未可知,因此称"天门"。清代乾隆年间的两当知县秦武域还赋予它一个颇具诗情画意的名字"天门锁云",誉为两当八景之一。

古峡栈道

峡谷绝壁千仞,猴猿难攀。两山相对几乎相接,苍天唯留一缝。看天与路同宽;看路与天相齐。从观音峡到西姑峡,层峦叠嶂,苍松蔽日。悬崖峭壁上时不时有圆的洞方的孔,古栈道遗迹依稀可辨……流失的岁月给古峡涂上了一层厚重神秘的色彩。

一条栈道走过古峡,越过深涧。栈道上金戈铁马,刀光剑影,旌旗飘扬,人喊马嘶。走过刘邦,走过张良。汉军马不停蹄,人不卸甲,昼夜兼程，匆匆南下。然后，栈道上燃起冲天大火……是溃败，是南逃？不，是胜不骄，败不馁，抑或是韬光养晦。据说，刘邦当年为向项羽表明自己无心争夺中原而火烧栈道，烧的就是这条栈道。后来佯装修复的也是这条栈道。

《史记·高祖本纪》载：公元前 206 年 8 月，刘邦采用韩信"明修栈道，暗度陈仓"之计，经故道境（两当、凤县）袭击雍王章邯，两军战于陈仓。刘邦先令部将樊哙、周勃带领少数兵马，佯装修复汉中、勉县至云屏、广金一带烧毁的古栈道，自己却和韩信亲率大军从另一条秘密栈道悄悄向关中门户陈仓进发。有探马报知陈仓守将章邯，章邯笑道："栈道 360 里，沿途尽是悬崖峭壁，烧起来容易，修起来却是万难。"章邯安心坐守，一点也不加以防备。待到第二次急报传来：汉军明里修复栈道，暗里已经绕道进抵陈仓。章邯闻报大吃一惊，急忙调集兵马出城迎敌。怎奈汉军养精蓄锐多日，加之对楚军积怨已深，遇着楚军好似猛虎下山，只杀得章邯首尾难以相顾，节节败退。汉军乘胜追击，破陈仓，占关中，大获全胜。

一条公路穿越古峡，飞渡天堑。公路上车来车往，游人如织。摄像留影，写生作画，吟诗作文，各显其能。把"一线天"摄进镜头，绝壁千仞间，一桥飞架南北，天堑变通途；把"良心桥"画进油画，一根独木横搭在两块巨石上，桥下龙潭翻恶浪，据说干了亏心事的人不敢从桥上经过；把关于古峡栈道的传说写进故事，把故事装进古峡的档案……

棚民号子

她宛如大山里一朵美丽的奇葩，似云像雾飘散着，弥漫在整个空间……

春末夏初的云屏，风光旖旎，景色诱人。在山重水复中看柳暗花明；在云雾缭绕时听山歌醉人；在碧流银瀑间观彩虹飞降。也许就在此时，远远的深谷中荡起粗犷雄浑的号子声："哟嗬嗬哟嗬嗬咦哟咦呀哟咦哟嗬……"待转过一个山头，在你不经意间，远处的号子声又穿云破雾而来，跨涧越谷而来……

"三根竹子哟长上天啰，阳鹊子笆窝哟在中间；谁人捡到哟阳鹊蛋啰，男当皇帝哟女做官。哟咦哟嗬嗨……"一曲粗犷幽默的号子从山顶密林中传来；"苞谷苗苗么像把刀啰，三月种上么九月收；花花么开在尖尖上啰，娃娃么背在半中腰。哟咦哟嗬嗨……"一曲饱含泥土芳香的号子从田间地头传来；"栀子花儿开哟石榴花儿红啰，红花对牡丹哟，姐儿么绣鸳鸯。哟咦哟嗬嗨……"一曲隐含村姑柔情蜜意的号子从山涧清泉边传来。

号子从"棚民"的火塘边传来，号子从"棚民"的酒宴上传来，号子从张灯结彩的赛台上传来，号子从变幻无穷的云雾中传来……号子是生活的五彩缤纷，号子是人性的喜怒哀乐。号子是"棚民"的精神，"棚民"的魂。

何谓"棚民"？时光倒回清末，轰轰烈烈的白莲教起义和太平天国起义先后归于失败。余部由川楚豫等地转战至包括两当南部在内的秦巴山脉的大山中，后来便销声匿迹。曾几何时，云屏的深山密林中，突然增添了为数众多的"湖广广"（两湖、两广人）。他们隐居于深山密林，结草为庐，刀耕火种，吊锅炖肉，苞谷煮酒，唱山歌，喊号子，始为"山林为伴歌为魂，乐居茅庵忘归程"的"棚民"。

西姑庵

西姑庵，云屏东南之一隅。大自然似乎特别眷顾这块弹丸之地。赐予它山的险峻、水的灵秀、绿的神韵、云的霓裳，还有岁月留下的厚重和神秘。世事如烟，西姑如梦……

这是一处"洞天福地"，世外桃源。山青皆映翠，鸟语伴花香。泉水碧如玉，溪水亮如银。山顶云戴帽，山涧雾搭桥。小小的山谷中，一缕炊烟升起，几声鸡鸣犬吠。每日里在似明还暗的晨曦中，百鸟朝凤的交响音乐会便拉开了帷幕。先是山雀的啁啾，后听燕语的呢喃。黄莺飙长调，喜鹊叫喳喳。是谁弹奏着动听的和弦？是谁吟咏着美妙的颤音？

细微低沉时如山溪缓流，如轻风拂面；高亢激越时如战马嘶鸣，如百鸡报晓。那些聚集在喧嚣闹市的城里人，谁又能享受到如此原始的、自然的、美妙的天籁之音。

四面山顶上站立着高大笔直的蒲松，像一排排威严肃穆的哨兵。白天，山风像温情脉脉的小媳妇，用她温柔绵软的双手从它脸上轻轻地掠过。入夜，山风突然变脸，如虎啸狮吼，狼奔豕突般猛烈地抽打着它高大的躯干。然而，它见惯不惊，雷打不动，仍旧风雨无阻地默默守护着这块"洞天福地"。背阴处的山崖上是黄杨的世界。四季葱绿的黄杨不喜欢自我张扬，大都悄无声息地挤在背风阴湿的山岩下。枝干虬曲，盘根错节，匍匐而生。虽然老态龙钟，却又婀娜多姿，美轮美奂。它生长在毫不起眼的山旮旯里，却又总是最早给人报以春的信息，春的芬芳。它头年冬天孕育花蕾，山峦草木在春寒料峭中还未醒悟过来，黄杨却早已绽开它那娇小细碎的米黄色花朵。那种沁人心脾的清香，便在山涧林下随风弥漫开来。山崖高处是高山杜鹃的领地，五月，山外已初闻夏的味道，而这里却还留有春的尾巴。断崖峭壁上残雪还未消尽，杜鹃花开了。白的、红的、粉红的，一簇簇，一丛丛杜鹃花姹紫嫣红，把肃穆凝重的山峦打扮得五彩缤纷，分外妖娆。

这就是西姑庵，一个美丽而神秘的地方。传说是明末坤仪公主修行的地方。斗转星移，时世变迁。历经数百年漫漫岁月之后，人间、神间的种种悲欢离合、荣辱得失、恩怨情仇早已化为灰烬，尘封于世。如今的西姑庵旧址，只留下两座孤零零的青石灵塔，欲倒而未倒，似乎向人们讲述着一个沉重而悲凄的故事。

崇祯十七年（1644 年），李自成义军攻破北京，崇祯皇帝和众嫔妃纷纷自尽。年仅 8 岁的坤仪公主来到闯王军中。坤仪为西宫袁妃所生，史称西姑公主。红尘世事，难料吉凶。七十天后，吴三桂引清军入关，李自成兵败退出北京撤至西安，随后又溃逃汉中。坤仪公主也被迫随李过（闯王义子）军南下。在南下汉中的行军途中，由于栈道崎岖难行，军中所带辎重过多，行进缓慢，李过决定将所带金银珠宝秘密埋藏于秦岭南坡的深山密林中。谁知这个秘密被坤仪公主无意中发现了，随后坤仪和宫人乘夜逃脱。坤仪一行在秦巴山脉的深山密林中餐风沐雨，顶暑冒寒，躲躲藏藏大半年，吃尽颠沛流离之苦，终于躲过李过的追寻，辗转来到大阳山脚下的观音堂出家为尼。随后又将李过埋藏的珠宝悄悄运抵观音堂。观音堂也由于大明公主的入驻，香火日见兴旺起来。观音堂最终改称西姑庵。据说在鼎盛时期，西姑庵曾建成上中下三院之规模，有经楼、禅院、僧房上百间，为已圆寂主持建灵塔九座，俗称"九塔三院"。当时香客蜂拥而至，香火盛极一时。而这一切在清末的一场大火中，又都灰飞烟灭化为乌有。有人曾赋诗为证："群山云漫，阻断天边雁，往事越千年。青山依旧在，几度夕阳红？世事渺茫，红尘如梦。九塔三院今何在，西姑遗迹难追寻……"

云屏寺

一峰兀立，林海苍茫。红崖山居高临下地悄悄俯瞰着古寺。左右两道青松葱郁，鸟语花香的山梁将古寺揽入怀中。一泓清溪静静地流过。晨起空山听鸟语，夜来青灯闻雨声，好一处佛门清净之地。

早春，蒲公英还在含苞待放，寺后山坡及两边山梁上的迎春花便早早地开放了。金黄色的迎春花编织成一个金黄色的花环，把古寺圈在中间。本是风水地，又添锦上花。仲夏，隐藏在古寺周边沟坡山梁上的灯盏花悄悄地钻出草丛，绽开它那娇妍的笑脸。灯盏花火红火红的颜色，一撮撮地点缀在灌木草丛中间，那是一种绿波海韵点点红的景致。秋末，红崖山上的枫叶红了。一丛丛火红的枫叶就是一堆堆燃烧的火焰。山山相连，红绿相映。那又是一种万山红遍，层林尽染的风景。隆冬，冰封雪飘，银装素裹。古寺一夜之间就变幻成琼楼玉宇，说它是蓬莱仙境也不为过。

一株古老沧桑的银杏树，谁也不知道它活了多少岁，总之有了古寺就有了它。它像一位忠诚的卫士，历经千年时空而初衷不改。宠辱不惊，物我两忘，无怨无悔地守护着古寺的山门。它见惯了山风突起，云卷云舒；它见惯了春雨呢喃，夏雨如注；它见惯了古寺兴衰，世态炎凉。

云屏寺，一座建于北宋年间的古寺。正殿供奉着如来佛祖和观音菩萨，偏殿供奉着灵官爷。如今，门前冷落车马稀。看那翘角飞檐，雕梁画栋的大殿和山门前那株古老沧桑的银杏，仿佛日月生情，时空倒回。穿越时光隧道，似乎还能透视出古寺昔日曾经有过的兴盛和辉煌。左侧山梁上的古炮台遗迹和毁掉的古戏楼，又隐约折射出古寺曾经有过的沉重和血雨腥风。

古寺山门上雕刻着这样一副楹联：存心邪僻任尔烧香无点益；持身正大见吾不拜又何妨。这副极富哲理，妙趣横生的楹联，叫人颇费思量。这是佛祖对为善者的包容，对作恶者的警示？

原载 2015 年 11 月《飞天》

深山明珠云屏乡

　　两当南部的云屏乡是一块神秘的土地，是一颗埋在深山的"绿色明珠"。这里地处秦岭南麓，和陕南的略（阳）、勉（县）、凤（县）三县毗邻。境内层峦叠嶂，山山相倚，莽莽苍苍的原始森林从秦岭南坡的凤县，两当绵亘延续直至秦巴山脉的勉县、略阳，约 400 平方公里。拿此处的崇山峻岭和湘西的"十万大山"相比也毫不逊色。这里山出云层、雾透秀峰，壑盈轻烟、苍松蔽日，碧潭溶洞、幽谷泉鸣。它集北国的苍雄和南国的绮丽于一身。如果说桂林山水以它的清纯秀丽名甲天下的话，而两当南部则以山的奇雄，水的幽雅，让人流连忘返。在这块神奇的土地上，不光有令人叫绝的奇峰秀水，而且物华天宝，出产油松、黄松、云杉、水杉、水楸、白桦、红桦、青枫等几十种优质木材和天麻、党参、玄参、猪苓、杜仲、丹皮、芍药等上百种中药材；原始森林中还栖息着雪豹、黑熊、野牛、羚羊、香獐等国家保护动物和锦鸡、红腹角雉、娃娃鱼等稀有珍禽；有已探明的金、铜、铁、煤、矿泉水等宝贵资源。除这些丰富的、特有的自然资源外，这里还有藏在深山至今人未识的神秘古迹——人文资源。汉时"火烧栈道"的传说，明时"西姑公主"的故事，以及明末李自成、清末太平军溃散部队的最后归宿都和两当南部这块神奇的土地有关。

　　两当南部的云屏、广金一带是古时关中通往汉中、四川的军事要道之一。从关中出大散关，越秦岭至凤县温江寺入两当境，过三渡水翻化坪梁后，便进入了云屏乡观音峡至西沟峡那段艰险异常的古栈道路段。

走出这段古栈道，越过大阳山，到广金乡东河口便是陕南的勉县地界，此处距汉中已近在咫尺。

观音峡又名"一线天"。峡内绝壁千仞，两山相对几乎相接，自下仰视，苍天唯留一缝。谷底一条小河，怪石林立，水流湍急，浪花飞溅，雾裹峡谷。真有点"一夫当关，万夫莫开"之势！峡谷左侧的峭壁上至今留有依稀可辨的古栈道遗迹，传说与"楚汉相争"有关。刘邦当年退出咸阳入汉中时，为向项羽表明自己无心争夺中原而火烧栈道，烧的就是这条栈道，后来韩信佯装修复的也是这条栈道。此事在《史记·高祖本纪·集解》中也确有记载："公元前206年8月，汉高祖刘邦用韩信计，从故道境（凤县、两当）返回关中，袭击项羽所封雍王章邯，两军战于陈仓。"上述史实是否可以说明，千百年来流传的"明修栈道，暗度陈仓"的典故的确与两当南部的这条栈道有关？置身在此古峡栈道上，当年"楚汉相争"的烽火岁月好像又现眼前！

出观音峡前行五华里，便是西沟峡。这里山险谷狭像是又一个"一线天"。而看山的雄奇秀丽，水的幽雅宁静又像是到了一个新的地域。峡内山重水复，峰回路转，松遮古道，竹掩小溪，有时眼看悬崖断路，待转过山头，却是"柳暗花明"。千姿百态的奇峰怪石使人目不暇接，有的宛如亭亭玉立的少女眉目含笑；有的像等待出征的武士庄严肃立；有的像骏马腾蹄欲起；有的像山鹰展翅欲飞……时而有涓涓细流似蚕丝般挂下山岩，时而有瀑布飞下山崖像空中垂下的锦缎，偶尔有叮咚叮咚的山泉声从翠竹或青松遮掩的峰隙谷岔边传来。汇集谷底的小溪悄无声息地淌着，没有喧哗的涛声。水净得无一丝尘埃，亮得能回清倒影。除时而有山雀的鸣叫外，峡谷静得能听见人的心跳。身在此境，犹进蓬莱琼阁，又似天宫仙境，不由得人心旷神怡，魂飞天外。如果夏末秋初来到此地，那漫山遍野的山花野果姹紫嫣红，更能增添几多情趣。

西沟峡原名西姑峡，因峡内建有"西姑庵"而得名。传说李自成攻破北京明王朝灭亡，崇祯皇帝及其嫔妃全部自尽，只有坤仪和昭环公主逃出北京，后坤仪公主在辗转入川途中流落到和秦巴山脉交界的西沟峡，便在此建寺出家，取名"西姑庵"。目前已有史料佐证，"西姑庵"就是

明朝"西姑公主"的修行所在，仅此已使西沟峡神秘莫测。试想不久的将来，西沟峡的神秘面纱一定会揭示于众人。在这看似宁静幽雅，默默无闻的深山峡谷，必将闪射出历史文化的灿烂光环。

原载《甘肃广播电视报》

绿色的城堡云屏

云屏像一座绿色的"城堡",又像当地那深山密林中默默开放的杜鹃花,尽管带着陇南山野特有的靓丽和馨香,但千百年来并不为山外人所知晓。直到新世纪来临的时候,借助新闻媒体的力量,她的靓丽和馨香才冲出大山的重围,引起了人们的关注。可以预见不久的将来,云屏这颗藏在深山的"绿色明珠"必将放射出诱人的光彩。

云屏,位于两当南部,毗邻秦巴山脉。是在秦岭南坡的万山丛中,被群山环抱的一个小小的山谷盆地。境内林木葱郁,鸟语花香,群峰竞秀,碧水清清。谷地四周被刀削斧劈般的悬崖大山包围,只有东西南北四角的峰隙间留有四个豁口,好像一座城堡的四道永不关闭的城门。一条清澈透亮的小河,自南向北逢中横贯谷地全境。经峰隙间的豁口攀上山顶便是那山山相倚,滩滩相连的一望无垠的绿色林海。这里地处祖国南北地理交汇线上,原始森林中集热带和暖温带植被于一庐。春末夏初,山林中绿色茵茵,野花盛开。"赶山采春"的红男绿女们,在各式各样娇艳欲滴的山花点缀下,将整个山林打扮得姹紫嫣红,生气勃发!这时你如果有幸到山里做客,可以品尝到山姑们采集的各种"山珍"。什么崖葱、崖蒜、香椿、石花菜、黄花菜、空筒菜……炒上一盘腌腊肉,喝上二两山里人烤制的苞谷酒,那真是别有一番风味在心头。秋天的山林同样是五光十色、婀娜多姿的。漫山遍野盛开着火红的灯盏花、紫色的苜蓿花、粉红的荞麦花、金黄的野菊花……远远看去像一幅浓淡相宜的水彩画。山林中还有五味子、野葡萄、八月瓜、猕猴桃等各种野果使人一饱口福。这时,山民们开始伐木、割漆、采挖药材,出售后以换取一年的花销。秋天，山民们尽情收获着五彩的梦。

云屏，得名于那峰峦谷地间变幻无穷的云雾大观。这里峰巅峡谷间经常是云遮雾罩，特别是雨后初晴之时，云雾之变化好像一位高超的魔术师，时而云缠山腰，将裹入云天的悬崖拦腰切断；时而云罩峰巅，看那连绵不绝，高低不同的群山，成了无边无际的平原；有时雾裹峡谷，使遥空相望的悬崖峭壁瞬间珠联璧合……在这里云雾是大山的屏障，是山谷盆地的屏障。是否因为有了云雾这幅大自然的屏障，才使得这座绿色"城堡"青山常在，绿水长流？

当然，云屏的奇特不仅仅是云雾之大观，那南北两山的"风、龙"二洞，更有一番奇特的景致和神秘。谷地北面的红崖山上有一凹陷的石坑，名曰"风洞"，常年冷风习习；谷地南面的南天门山下有一洞，名曰"龙洞"。"龙洞"有时会突然喷出一股大水，吼声如雷！眨眼间，汹涌澎湃的大水咆哮翻滚着冲进谷地中央的云屏河。但此水说停即停，刚刚还汹涌奔流的大水，顷刻间便销声匿迹，一切重又恢复了宁静。久而久之，当地人便摸出一条规律，每逢久旱将雨，或久雨将晴时，"龙洞"必然会发大水。就这样日月轮回，年复一年，从无失信。

对于云屏的美丽奇特，民间流传着一首形象的打油诗曰："风洞有风常不断，龙洞红日水潮天。紫山围城黑水县，四方有门永不关。"如果你有幸身处云屏那座奇妙的绿色城堡中，你一定会发自内心地感叹：自然界的确是美妙的！那美丽奇妙的自然景观，的确能使人心旷神怡，乐而忘忧。

原载《甘肃广播电视报》

火红的灯盏花

昨夜，我又梦见故乡云屏漫山遍野的灯盏花开了，一株株灯盏花火红火红的，远远看去像一团团随风跳动的火焰，好看极了。

每到春末夏初时节，故乡云屏青翠欲滴的山野里，便盛开着一株株火红的灯盏花。灯盏花单株直立，高约 30 厘米。叶像倒柳的叶子，细而长，向上攀枝而生。花有六个瓣，只有梅花那么大，像灯盏上结下的朵朵灯花，所以当地人称灯盏花。

灯盏花在故乡云屏有土皆生，遍野都长，即使在少土无水的岩缝里，也能抽枝散叶，孕蕾绽放。她有倔强的生命力。不知是见惯不惊，还是她太平凡、太渺小，我平时从不注意她，从没有感觉到她的美丽和独特。她真正引起我的注意，并在我的生活中打上难忘的烙印，是因为我小学时的一位启蒙老师。

老师姓强，是成县抛沙人。20 世纪 50 年代从师范毕业分配云屏任教时，还是一个不到二十岁的小伙子。他不但人长得帅气，而且多才多艺。篮球、乒乓球打得好，手风琴拉得好，歌也唱得好。特别是他的语文课讲得生动活泼，学生都爱听。老师生性文弱善良，他对学生像待自己的亲兄妹，从不轻易体罚和批评学生，学生也非常爱戴和尊重他。

老师喜欢灯盏花。他用一个废弃的洋瓷脸盆装上腐殖土，栽上几株灯盏花，放在办公室的窗台上。他定期给花施肥浇水，每天都要把花端到室外透透空气，晒晒太阳。他像呵护自己的孩子那样呵护着那盆灯盏花。因而那盆花比野生的长得精神，长得壮实。花开的时候，就像灯盏喷射出一朵朵美丽的灯花，火红火红的。

　　那年暑假，老师要回成县探家，交代我和两个同学一起看校。临行前，他特别叮咛我要把那盆灯盏花看护好。伏里的天气气温高，至少两三天要给花浇一次水。头几天我还记得牢，每隔两天就按时去给花浇水。两个星期后，便把老师交代的任务忘到了九霄云外。在赤日炎炎的三伏天，我和伙伴们成天泡在故乡那条清波荡漾的小河里，天不黑不晓得回家。临开学的前一天，我才记起好长时间没给灯盏花浇水了。当我诚惶诚恐地走进校园时，老师已于我先一天回到了学校，看见我一脸的不高兴。他生气地说："你已经是三年级的学生了，怎么连一点起码的责任心都没有！"抬头看，窗台上的那盆灯盏花早已枯萎了。我知道我闯祸了，那盆花是老师的至爱，是老师的精神、老师的魂。我当天就从山坡上挖来几株灯盏花，重新栽在花盆里，老师的脸上才有了笑容。

　　此后，我常常梦见故乡的山坡上一株株灯盏花开了，火红火红的；我常常梦见老师的心血和汗水流成了小河，流向山野，浸润着一丛丛盛开的灯盏花……

原载《陇南日报》

白云深处号子来

它在两当南部的深山里似云像雾飘散着……你要找它，只要在那青山碧水间放开喉咙高喊一声，它就会走了出来。请听："哟嗬嗬哟嗬嗬咦哟咦呀哟咦哟嗬……"这就是两当号子。

夏末秋初，来到秦岭南麓的两当南部一带，那里的风光景色令你如醉如痴。当你跋涉在崇山峻岭之间，时而山重水复柳暗花明；时而绿潭素湍回清倒影。也许就在此时，远远的空谷中荡起一声粗犷雄浑的号子声，伴随着眼前的林海、松涛、深谷、流水、蓝天、白云，你会情不自禁地脱口而出：这才是美的享受！是真正的艺术。陇南山区特殊的地理环境和风土人情，使两当号子成为得天独厚的艺术之花。

地处秦岭南麓的两当南部一带，山大沟深，地旷人稀，却青山葱郁，碧水清清。繁衍生息在这块地方的人民除具有山里人特有的那种勤劳憨厚，热情好客的性格外，还以男女老幼皆能开口唱山歌、小曲而见长，尤以喊"号子"而驰名省内外。

1957年，由云屏乡农民袁正有、张升、陈忠义、赵兴发等四位民歌选手带着两当号子，参加甘肃省民歌调演选评后赴北京参加全国民间音乐会演。两当号子像一枝含露的野玫瑰，带着山野的质朴和清香突入艺术苑囿，在首都天坛剧院表演后，深受观众的青睐。两当号子从而名蜚一时，传为佳话。

2000年10月，甘肃电视台"文化风景线"栏目的记者来到两当号子的主要发祥地——两当南部的云屏乡实地采风。记者采访了当年上北京演唱号子的老艺人袁正有、张华王等，年届七旬的五位老艺人在现场即兴演唱了两当号子。记者摄制了《走近两当号子》的专题文艺节目，于 2000 年 12 月 30 日 20 时 30 分在甘肃电视台"文化风景线"栏目播出，使两当号子这枝乡土艺术之花再一次享誉陇原大地。

两当号子有鲜明的地方特色和山乡风味，它有别于川江号子和南方各省的号子。它纯粹是一种象形音乐，极少有词，绝大部分是模仿大自然的色韵构成的旋律。它不似山歌那样直抒胸臆、自然畅达；也不似小曲那般思绪深沉、低回曲折。它的艺术音韵有如高屋建瓴、雄浑雅健；又如登高远眺、广阔深远……融景于声，生动传神，意境无穷，耐人寻味。

两当号子主要流行在两当南部的云屏、泰山、广金三乡和站儿巷的部分地方。这些地方和陕西的略阳、勉县、凤县搭界，不少人祖籍亦在略（阳）、勉（县）、凤（县）、宁（强）等县。

两当南部的风土人情和地处秦巴山脉的陕南山区多有相似之处。大多数地方山高地陡、沟深且狭，村民多住在半坡或山顶上。正如山歌中所描述的那样："绝顶一茅茨，直上三十里""对面能说话，相会走一天"。何况对山讲话受声速、气流和回声的影响，为了使对方听得真切，须得拖长声音，一字一顿地传递尽量精练的语言，并使每一句话的末尾带上韵声，这样无形中形成了一种抑扬顿挫的旋律，这也许就是最早的山歌"号子"的雏形。过去在交通落后而又无通信工具的深山林区，喊"号子"便成了一种沟通联络的信号。

电影上常有这样的镜头，当银幕上的角色或喜或怨，或愤或忧到极点时，便对着高山旷野竭尽全力地呐喊一声，以发泄感情，于是便产生山水轰鸣、天地回响的效果。试想，生活在山清水秀、风光无边的秦岭南麓过着画中人生活的劳动人民，他们置身于艺术的海洋，却很少受到外界文化的影响，只能凭原始的自发感来塑造自己的生活。春夏秋冬、阴晴雨雪、天换地变，加之人的悲欢离合、喜怒哀乐，无不发人感慨，难免引吭高歌以抒情怀，这就产生了"号子"。自然，它最初是十分单调简朴的，经过世世代代不断创造、升华，日臻完善。从中也可以肯定"号子"的历史远远地早于山歌、小曲。正如从无声电影到有声电影一样，从"号子"的无词到山歌、小曲的有词，显然是一大进步。而无词的"两当号子"长期以来经过劳动人民不断创新、发展、完善，形成了自己独特的风格而别树一帜。

两当号子曲调优美高亢，音域宽广，节奏明快，粗犷而极富变化。从古到今一直是当地群众喜闻乐见，自娱自乐的艺术表现形式。

两当号子有"花号子"和"排号子"两种。

"花号子"曲调高亢，音域宽广，旋律跳跃的幅度大，音调变化多，没有唱词，只有"咦、哟、哎、咳、啊、嗬、呀"等虚词。

"排号子"一般有唱词，其唱词大多是即兴编唱的，曲调比"花号子"要低一些，旋律幅度的跳跃变化也较小。

喊号子像表演口技一样，需要娴熟的发音技巧模仿自然界的各种音色，发出抑扬顿挫的各种声韵，这显然是极不容易的事。号子能独唱，也可以数人重唱，重唱的人数愈多则效果愈佳。旧时，两当南部一带的村民，还有"赛号子"的习俗。逢年过节，两山相对或隔河相望的村庄，由号子头出面相约，各自邀来一帮顶呱呱的号子手，双方搭起赛台，张灯结彩，尽情尽兴，号子直吼三天三夜……由于号子不似山歌、小曲那样一学即会，易于驾驭，也便不似山歌、小曲那样普及。现在仅存的能唱号子的老艺人，已是屈指可数，寥寥无几了。

期望着两当号子这枝在青山秀水、田园沃土中孕育的艺术之花，焕发青春，争奇斗艳，迎来又一个辉煌绚丽的明天。

（山魂、戈爻合写）
原载《时代风采》

山乡农家春韵图

　　立春后的第一场春雨，像天空随风飞舞的丝丝柳絮，纷纷扬扬地飘洒了一夜。将大山深处的云屏乡棉老村洗刷得纤尘不染，格外清新亮丽。这里松遮山径，竹掩小溪，碧泉溶洞，鸟语花香，整个村庄都处在青松和翠竹的包围之中。

　　中午过后雨停了，云还没有散尽，粉丝一样的白雾还恋恋不舍地纠缠在半山腰。太阳从云缝里钻出来洒下一束束明亮温暖的阳光，凸现出雨后初晴的沧桑邈远和温柔宁静。

　　这是公元某年春节前夕，在长寿老人杜凤英家，三间坐北朝南的瓦房虽然有些陈旧，屋里却收拾得干净整洁。儿孙满堂，年届百岁的杜凤英老人，仍旧耳聪目明，正坐在自家堂屋的火塘边和前来看望她的陇南市委领导，以及两当县委、县政府的领导兴致浓浓地拉家常。明亮的阳光从门窗里钻进来，照着悬挂在房梁上的一条条被烟熏得黄澄澄、油渍渍的腊肉，照着老人慈祥的面容和王书记随和的笑脸。"呵！这么好的腊肉，看一眼都香。"王书记高兴地说。市县领导给杜凤英老人送来了拜年的面粉、清油和慰问金。老人不是英雄，不是功臣，也没有什么与政治有关的背景，她仅仅是大山深处的一位老寿星而已，市委王书记已经是第二次来家看望她。老人和王书记说，家里有充裕的粮食，年货也都办得差不多了，儿孙都还孝顺。王书记祝福她说，你老要保重身体，活到120岁。瞧，这时一只金黄色的小猫也来到火塘边凑热闹。王书记一边和老人拉家常，一边爱意浓浓地抚摸着依偎在身边的小猫。此时，夕阳把黄色的小猫涂抹得更加金黄亮堂。暖暖的阳光，暖暖的话语；亲切的关怀，和蔼的笑脸；老人和书记，腊肉和小猫，还有田野里那被雨水惊醒的春姑娘。柳絮随着春风起舞，山雀合着溪水唱歌，冬花迎着太阳笑了。人和自然构成了山乡农家一幅五彩缤纷的春韵图，犹如一场温润的春雨静静地落在了农人的心田。

原载《陇南日报》

山之魂

山有魂吗？我对大山有一种超乎常人的情愫，因而常常在心里生出这样的疑问。

记得我小时候，偶遇狂犬、蛇虫等凶猛动物受到惊吓时，母亲总要在夜幕降临时，拿着一件我穿过的上衣，左脚踏在门里，右脚踏在门外，一边用手拍打着衣服，一边叫喊着我的小名说："心银回来！心银回来！"态度极其虔诚认真地为我"叫魂"。母亲说"叫魂"是为了防止小娃娃在受到惊吓时魂影被鬼怪掠走，恐有生命之忧而采取的一种预防手段。当时我并不知道魂为何物，只知道儿女从娘肚子里一出生，母亲就像母鸡护小鸡一样，小心翼翼地呵护着脆弱的小生命。渐渐长大后才悟到，魂其实就是人的精气神。精神不倒，人死了还像活着。精神倒了，人活着就像死了。

那么人有魂，山有魂吗？山的魂丢了，有人管吗？

我想大山和人一样，有骨有肉亦有魂。坚硬的岩石是大山不屈的骨架，覆盖岩石的泥土及花草树木是大山的皮肉，山泉和山溪是大山的血管里流动的鲜血。那葱郁的绿色就是大山的精气，大山的魂。如果那座山没有了绿色，那座山就没有了精气，没有了魂，那座山就死了。

故乡云屏，在秦岭南坡连绵起伏的万山丛中。我生在大山之中，和大山有着不解之缘，几乎每天都要和山打交道。放学后上山放牛，星期天上山拾柴。春夏之交山花烂漫的时候，便和小伙伴们成群结队地上山刨玄参，挖野菜，欢歌笑语在林木的缝隙间流淌、跳跃……是大山养育了故乡的山民养育了我，我爱故乡的大山。后来虽然离开大山进了城，但我因公因私还是时常回到大山之中，每当夜深人静时，大脑的屏幕上便回放出儿时涉足过的山山岭岭，玩耍过的山泉山溪，露宿过的山垭岩洞……我和大山浓浓的情结永远也割舍不断。

云屏的山重重叠叠，错落有致，形态迥异，与众不同，蕴含着一种灵气。一座座刀削斧劈般坚硬的岩石铸就的大山，看似寸土难留的地方，却是一望无垠的绿色林海。在海拔2000多米的高山顶上，有汩汩冒出的山泉，纤尘不染的山溪。站在高山之巅，极目远眺，云杉盖峰顶，松树缠山腰，冬青护山脚。有山就有树，有土就有绿。即使在少土无水的岩缝中，树木和小草也会倔强地生根发芽，抽枝散叶。故乡真是一块孕育着绿色生命的风水宝地，一年四季都是青翠欲滴、生气蓬勃的亮丽风景。很难想象，悬崖峭壁上的那些树木是怎样生长起来的？不知故乡的大山为何具有如此强盛的生命力！那蓬蓬勃勃、遍山皆翠的绿色神韵，是否就是大山长青不老，经久不衰的精魂所在？！

大山有精气，有魂魄，有风光，也就注定了有坎坷，有磨难。

人类是动物之中最聪明的动物。他有巨大的创造力，也有巨大的破坏力。记得20世纪60年代初，在距我家屋后数百米远的山坡上，就是郁郁葱葱的松树林。山顶上的原始森林里一棵棵大树钻入云天，数人合抱不拢。多少代都没有人伐过，千百年来就那样自生自灭。山林中有黄杨、红豆杉和高山杜鹃，还有红腹锦鸡、蓝马鸡和金丝猴。每年五月，高山杜鹃开花的时候，一簇簇，一片片杜鹃花，五彩缤纷，绚丽无比。

后来，故乡有了一条连接山外的简易公路，从此把山外多彩的世界融入了大山之中。之后便有了国有林场开始进山大规模地采伐林木，当地村社和山民也跟着滥采乱伐……几年后，故乡的山坡秃了，山泉干了，河水小了。原来那郁郁葱葱、绿接云天的林海不见了。有许多山坡、沟梁被整个儿剃了光头。其余的也只留下了一些稀稀拉拉的灌木丛。祖祖辈辈生活在大山中的一群金丝猴不见了踪影。一座座脱去绿色外套的大山，经过几场暴风雨的冲击，便裸露出灰色的岩石或黑土，像人体裸露的骨头和血肉。此时的大山完全失去了昔日的风采和神气，像一个个面黄肌瘦，弱不禁风的病妇，风吹欲倒，雨打欲哭，雷震欲塌。大山，生命垂危!

结果还远不止于此。1981年8月21日,是一个令人难忘的日子。故乡的大山在遭受一个多星期的连阴雨之后,8月21日又降特大暴雨,全天降雨量高达160毫米,历史少有,百年罕见。瞬时间,山崩地裂,石破天惊!山洪肆虐,河水暴涨。洪水和泥石流像一匹匹脱缰的野马一路狂掠,摧毁了公路和桥梁,吞没了村宅和农田……灾难过后,昔日那绿荫覆盖的大山满目疮痍,遍体鳞伤,神散魂飞,面目全非。此情此景,不禁令人悲从心来。江河暴涨是否为之动容,苍天大雨是否为之流泪?

快救救那些与我们相依为命的大山吧!有能拯救大山的神医吗?

20世纪90年代中期,国家终于出台了"三北防护林工程""长防长治工程""退耕还林"等一系列保护森林植被的政策措施,使生命垂危的大山得以休养生息。

时光荏苒,岁月如梭。数十年后,当我再次回到故乡,拥入大山怀抱的时候,松树和冷杉站在山顶的云雾里迎风招手;山路边的冬青树抢着向我问好;热情的刺玫花扯住我的衣角不让走;黄杨、杜鹃和各种野花在无垠的绿海中绽放着一张张娇艳的笑脸。山雀啁啾,夜莺鸣唱,锦鸡撒欢,山又绿了,花又开了,山涧又冒出清凉的碧水,大山的魂又回来了!面对浴火重生的大山那仙女般美丽动人的容颜,我那颗激动的心都快要从胸腔里跳出来了。我要面对着苍天大喊一声:谢谢那位为大山招魂,让大山起死回生的神医!我作为曾倍受大山恩惠的儿女,要永远牢记大山的养育之恩,要永远不忘大山经历的那场生死劫难,要永远去守护那方茵茵绿色——生命之源,大山之魂。

原载《陇南日报》

水之韵

山有魂，水有韵。

水之韵就是水的喜怒哀乐，千姿百态，就是她展现在自然界的灵气和精魂。水之韵犹如音乐之旋律，有着抑扬顿挫，跌宕起伏，五彩缤纷，变化万千之风韵。她平静时悄无声息，似有似无，"随风潜入夜，润物细无声"；她高兴时碧唇轻启，笑波微漾，风调雨顺，五谷丰登；她震怒时雷霆万钧，狂涛惊天，摧枯拉朽，万物毁灭。总之，她的喜怒哀乐和人类的喜怒哀乐息息相关。

上天似乎特别眷顾和疼爱两当这块美丽神奇的土地，坐落在西秦岭南坡的两当，气候温和，雨量充沛，植被优良，山青水碧是她的总体地理概况。水之风韵在这块土地上展现得多姿多彩，淋漓尽致。走遍两当的东西南北：无处不是绿茵茵的山，无处不是清凌凌的水。不像陇中的黄土旱塬，百里难觅一溪清水。特别是两当的南部和北部山区，那里的水之风韵令人如醉如痴。在云屏，在黑河，在那崖天一线，峰回路转的峡谷中，时而柳暗花明，时而绿潭素湍，时而见状如银龙的瀑布喷银吐玉，时而有亮若银丝的水帘蒙岩而挂。纤尘不染的山溪在翠竹和冬青树的遮掩下，叮咚叮咚极有节奏地流淌着，只闻其声难见其形。这里山有多高水有多高，山有多青水有多清。户户农宅旁都有一眼汩汩冒水的山泉，泉水中含有各种矿物质，是不用花钱的矿泉水。大山中还有自然地突发突停的岩洞喷泉，还有地下暗河和即使在七月流火的季节也能滴水成冰的"冰洞"。初冬的雾凇，更是山里别样的景致。一夜之间，山山岭岭上犹如千树万树梨花开，晶莹剔透，琼楼玉宇。这些自然奇观难道不是一幅色彩斑斓的水韵风采图!

水是生命之源。她滋养着地球上的人类和万物,她也可以毁灭人类和万物。我甚至想象水就是上天派下来管制人类的神灵。其实水就是神灵。视水为神灵是老祖先传下来的。记得儿时,每到逢年过节,祖父在水泉旁也要敬上三炷香,烧上一刀黄表纸,以示对水神的尊敬。古时河边或江边渡口都建有龙王庙,每年都要定期举行祭祀水神的活动。龙王就是水神的代号。既然水就是神灵,那么人类只能虔诚地敬仰她,不能触怒她。这是一个不可违背的自然法则。水能载舟,亦能覆舟,这是再简单不过的道理,但是人类往往有意无意地去违背她,触怒她。当然得到的只能是水之风韵的突然变脸,只能是自然法则的无情惩罚。

在我的记忆中,两当有两次违背自然法则,触怒水之神灵的大行动。一是20世纪70年代初至80年代末对森林大规模地乱砍滥伐,境内原始森林几乎荡然无存。二是20世纪70年代和90年代先后两次大面积地毁林开荒,境内的荒坡和灌木林地,尽垦为田。优良的自然植被遭到毁灭性破坏。由此而带来的恶果也是触目惊心,不堪回首的。30多年前的那场特大暴洪灾害,当年的亲身经历者至今还心有余悸。

那年8月,水神生怒,雷鸣电闪,暴雨连连,月余未停。全月降雨431.1毫米,超过历史同期降雨量的三倍多。特别是1981年8月21日,全天降雨108毫米,局地达160毫米。光秃裸露的山坡加上超常的暴雨,自然会产生轰动效应。一时间江河暴涨,浊浪惊天,山崩地裂,泥石横流。这时的水之风韵比鬼怪妖魔更狰狞、更可怕!洪水以雷霆万钧之力摧毁了公路、桥梁、电力和通信设施;泥石流以排山倒海之势吞噬着生命、村宅和农田。险情凶讯频频传来:

21日16时,嘉陵江洪峰冲毁9号铁路桥,漫过堤坝淹没站儿巷公社机关学校、医院及居民住宅;21日15时,兴化公社桑园生产队3户17人被泥石流吞没;21日16时,城关公社贺家沟生产队3户14人被滑坡泥石流淹埋;21日17时,杨店公社胡家沟生产队13人被泥石流吞没……那的确是一场历史少有,百年罕见的大灾大难啊!

经历了生死磨难,经历了浴火重生,人们开始醒悟了。其实许多灾难是由于人类自己的无知和野蛮造成的。

灾难过后，水之韵又恢复了她那温柔、恬静、美丽的面容，一切又似乎平静如初。可是千万不要忘记她生气后，雷霆震怒的那一刻。水是人类万物的生命之源，森林植被是水的生命之源。勇敢地保护水之源，虔诚地敬仰水之神，应该是人类永远的神圣职责。

水之韵，山之魂，生命之渊源！

原载《陇南日报》

天边的彩虹

　　已近知天命的年纪，却还经常做着儿时的梦。我常常梦见故乡天边的那道彩虹，梦见变成彩虹的七仙女。在彩虹常来喝水的那条小河边，我攀着彩虹飞上了很高很高的云天，随后我和彩虹一起消失在绵绵无尽的云雾中。

　　故乡云屏，在秦岭南麓两当南部的大山深处。境内山险、林密、草茂、花繁、水碧、河清，终年云缠雾绕，因此名曰云屏。故乡有一条清澈透亮的小河，小河没有名字，我习惯称她为"云水河"。意即她从秦岭南麓那高山之巅的云雾中发源，又流经云屏乡全境。小河是我儿时的伙伴，少时的朋友，有我梦中的故事。

　　2004 年的春天，我陪省地方志办公室一位慕名云屏风光的友人，又一次回到了梦牵魂绕的故乡。回乡的当天下午，稍做歇息后，友人就急不可耐地要出门观赏山乡的风采，我陪他来到"云水河"边。

　　沉睡了一个冬天的小河，这时在春的抚摸下，已经完全苏醒过来。两岸的倒柳披一身微黄嫩绿的叶芽，河边青青的草丛中盛开着黄黄的蒲公英花、兰兰的马莲花；柳树丛中时而夹杂着几株深红的樱桃花、粉红的水桃花；小河的水不深，浪不急，清澈得一眼能看清水底五颜六色的石子。从山涧沟汉匆匆赶来略带混浊的消冰水，顺河的一侧汩汩涌来，在水面上形成一道半清半浊的独特景观。水面上时而漂下几片花瓣或去冬落下的几片枯叶，偶尔有水鸟掠过水面，有小鱼在水中嬉戏，平静的河面上不时漾起几朵小小的水花。此时河风微微，夕阳反照，水映红霞，波光粼粼！

"呵！好一幅水彩画。"省城的友人惊叹道。我也被眼前的一切深深陶醉了。我不无自豪地向友人夸耀道，不光小河的风采迷人，此地还有许多的奇妙之处。小河两岸有"风、龙"二洞。平时"风洞"没风，"龙洞"无水。每逢阴雨将晴或久晴将雨时，北岸的"风洞"会突然刮起大风，南岸的"龙洞"随之涌出黄桶粗的一股大水，咆哮着冲进"云水河"。春夏秋三季，每当雨后初晴或"龙洞"水喷发之际，小河东南的"南天门"山顶，便会由天际挂下一把弯弓似的彩虹，一头扎进"龙洞"，一头扎进"云水河"。老人们说，那是虹在喝水。儿时常听父亲说，虹是龙的化身，在虹喝水的时候，娃娃们千万别到河边去，否则，冒犯了龙颜就会被一口吞到肚子里，再也回不来了。我心想，龙咋这样霸道？而母亲又说，虹是天上的七仙女变的。虹出的时候，就是七仙女背着玉帝和王母的禁令偷偷下凡洗澡。因此，才有了"牛郎织女"的故事。

那时，每当有虹在天边出现的时候，我总是背着大人偷偷跑到河边。七仙女的善良、美丽和勇敢感动着我，我多想留住这美妙的瞬间，我多想抓住一束色彩送给母亲当丝线。我忽儿兴奋无比，觉得自己融化到虹里去了，忽儿又异常失落，虹慢慢地变淡、变暗，我的心也随之黯然。直到彩虹的最后一缕色彩在天边消失，我还滞留在河边。

沐浴着夕阳的余晖，踩着青草和石子铺就的河边小径，我陪友人边看边聊，信步走去。转过一道河湾迎面一座山包，山包下有一株古老的银杏树。银杏树的树身足够五六个人合围。树根凸出地表盘根错节，四通八达。岁月的风霜在树干上刻下道道深沟，皱巴苍老的树皮隆起一个又一个黑褐色的疙瘩。看树龄至少在千年左右，而看树冠却依然枝繁叶茂，郁郁葱葱，展示着蓬勃的生命力。我突然指着树下长满野草，散布着残砖碎瓦的一片废墟对友人说，此处是我三十年前的"老家"。

"老家！"友人不无惊讶。

面对着残砖、烂瓦、断墙，我记忆的密码被柔柔的春风打开。

三十年前，为了生活，为了我的学业，父母决定远走他乡。在告别故乡的前一天下午，我又一次来到彩虹常来喝水的小河边。时为末伏，又巧逢阵雨过后的天气，太阳在云缝里忽隐忽现。我坐在河边一块洁白光滑的大石头上，闷闷地想心事。突然间，一弯彩虹从天际落下，一头扎进我眼前近在咫尺的河水里。我激动得连鞋也没有脱就跳进水里，走进正在喝水的彩虹中间。顿时，我全身被七色的彩虹所包围，从外围看，只见彩虹不见人。这时，我什么都顾不得想，心旷神怡，魂飞天外，似乎我也化成了七色的彩虹，飞上了云天，飞上了比云天还高的天宫。不知过了多长时间，彩虹在河面、在天空已消失得无影无踪，我还呆呆地站在河水中。善良美丽的彩虹啊，你是来为朋友送别的吗？

次日，在一位远房亲戚的帮助下，全家舍弃住了几代人的"老家"，迁到了远离故乡的地方。在这里我本来可以重新上学，但不幸的是父亲突然病故。我不忍心让年老体弱的母亲供我上学，强忍心灵的创伤，毅然挑起一家生活的重担。那一年，刚刚 15 岁的我，便成为生产队的一名主要劳动力。

后来靠自学，我学完了大专文科课程，并开始在省报上发表新闻作品。1979 年，经考试被录用为国家干部，分配到县广播局做编辑。到底是历史戏弄了人生，还是人生戏弄了历史？

我和友人思绪不尽话不尽。不觉夕阳已经隐没在大山的脊背后面，天边的云霞已变成灰蒙蒙的雾霭滚滚涌来。瞬间将大山、田野、村庄、小河及河边的友人和我都吞进了浓浓的雾霭中。夕阳终究要逝去，明晨太阳依旧会升起，这就是自然。

微微的山风吹在人身上、脸上凉飕飕的，雾霭即将变成黑沉沉的夜幕。可是友人徘徊在小河边，仍旧没有归去的意思。我知道，他是在期待着什么。

我悄悄问身边的小河：彩虹几时来喝水，七仙女何时又下凡？

小河说，麦浪飘香，蟠桃熟了，王母睡着的时候。

不知友人，你有耐心等待吗？

原载《开拓文学》

父老乡亲圆梦记

十月国庆节前夕，我又一次回到了生我养我的故乡——云屏。每次回故乡，故乡都有新变化。在这诸多的发展变化中，对我影响最深的莫过于故乡的小水电。

归乡途中，看着那一根根像哨兵似的耸立于山野村庄的水泥电杆；看着那蛛网似的穿行于深山峡谷，飞越于悬崖峭壁的输电线路；数着云屏河畔的座座水电站，我不由得感叹道：这是云屏，是我的故乡吗？晚上站在高处眺望，只见天门山上下，云屏河两岸那绿树掩映的村庄、农舍，灯火闪烁，星罗棋布，交相辉映，流光溢彩。盏盏灯火像是点缀在天幕的点点繁星，又像是银河落下的颗颗夜明珠。面对此情此景，我禁不住心中的激动，我要向人们讲述一个故乡人"圆电梦"的故事。

故乡云屏地处秦岭南麓的两当南部山区，四周被刀削斧劈般的悬崖大山包围，只有一条奇险无比贯通南北的峡谷是沟通外界的唯一出口。顺峡谷流淌着一条小河，水清得一尘不染，回清倒影。这里虽然山高水清，鸟语花香，但却交通闭塞，信息不通，经济落后。直到20世纪60年代末，故乡人还把"电灯电话，楼上楼下"视为梦里的神话。也难怪，那时故乡还没有几个人见过电灯是啥样子。电对城里人来说太平常了，它不过是日常生活的一种必需品，但对山里人来说太神奇了，它能带来光明，照亮黑夜，给人以希望和美好的遐想。山里人对电的期盼，不亚于久旱的禾苗盼雨露。

1965年，故乡新来了一位公社党委书记叫凌俊峰，是徽县嘉陵人氏。凌书记一副结实的身板，中等个子，脸上有几颗小小的麻子，他讲话干脆利落，工作雷厉风行，处处透出男人特有的阳刚之气。到农民家里捞起兰花烟就抽，碰上苞谷面搅团要吃两大碗。时间一长，故乡人都亲热地叫他"凌麻子"。他到云屏后，结合实际提出：要照电灯先修路。他说圆电梦没有路不行，要发展生产，搞机械化没有路更不行。修路，谈何容易！那时，故乡沟通外界的那条峡谷山路，不是过河就是爬坡，不是过栈道就是攀悬崖。光听沿途那险要之处"一线天""手扒崖""阎王砭"的地名就够吓人的了。有的干部说，没有机器，没有国家支援，要修公路是异想天开！凌书记说，哪怕有天大的困难，公路非修不可。1965年秋收后，全社动员了1000多名劳力开上了筑路工地。社员们住茅棚，睡草铺，吃的苞谷面"锅沓沓"。那时修路县上只支援少量的钢钎炸药，没有人给钱发工资，人们不图钱，不想钱，干活却一个顶两个，晚上还常常加班干。整整一个冬天，凌书记领着公社的干部和社员们一样的住茅棚，睡草铺，同吃同住同劳动。那个年代，干部和群众的"三同"是真正的"三同"，绝对不是做样子。就这样干了两个冬天，到1966年岁末，一条长达40华里连接山外的简易公路终于修通了。

1969年，时任公社革委会主任的叶启明，一个地道的四川籍复退军人，说话办事也依然保持着军人的作风。他说电是云屏的希望，一定要圆电的梦。他从县上要来一台水轮泵和一台12.5千瓦的旧发电机，又从县农机厂请来一位技术员，成立了有二十名精干劳力的专业队。利用一座水磨的自然落差，装上水轮泵和发电机。经过专业队和技术人员几个月辛勤劳动，一座简易的水轮泵发电站，终于在1969年9月发电了！公社机关和附近的村民破天荒第一次有了电灯。亮堂堂的电灯照亮了山乡的黑夜，也照亮了人们心中通往明天的那条美好的希望之路。大家高兴得像过年一样，人们奔走相告，喜不自禁，鞭炮声、欢笑声荡漾在故乡的青山碧水间。那时农民的生活还很困难，为了款待电工师傅，有的乡亲送来了自己都舍不得吃的腌腊肉，有的抱来正在下蛋的母鸡。

这座水轮泵电站的建成，虽然使故乡人有了用电灯的历史，但距人们生产、生活用电的需求还相差甚远。为了跟上飞速发展的社会主义现代化建设新形势，1975年后，在继任公社领导孙成全、李寅等人的主持下，故乡人决定采取民办公助的形式，在云屏河上兴建水电站。公社专门成立了电站工程指挥部，在全社抽调几十名精壮劳力组成电站工程专业队，劈山修渠，炸石筑坝。寒来暑往，又是三年苦干，共移动土石方 12.5 万立方，浆砌引水渠道 2.5 公里。在天门山下，云屏河畔建成了"店子水电站"，安装了较为先进的水轮机发电机，装机容量 200 千瓦。1977 年 10 月 1 日，电站正式并网发电了！为了这座电站的建设，有两位正值青春年华的故乡子弟，在炸石筑坝时，不慎被"哑炮"夺去了年轻的生命。一位年仅 26 岁，另一位刚刚 18 岁。如今，那入夜的山乡，盏盏明亮的电灯闪烁着耀眼的光辉，是否是逝者生命之光的重新绽放？

20 世纪 90 年代初，国家又在云屏河上游投资兴建了装机容量为 500 千瓦的"观音峡水电站"。至此累计架设 10 千伏高压线路 35 公里，低压照明线路 100 多公里。12 个行政村，29 个村民小组全部通了电。现在"电灯亮了，机器转了，电视唱了，电脑用了"。从此，山里人的生活发生了从量到质的历史性变化。

此时此刻，我更加怀念那些为了故乡人电的梦想而付出辛劳的山乡历届党政领导；更加怀念那些为此流过汗水，洒下鲜血的父老乡亲！祝愿那些逝去的功臣们伴着电灯含笑九泉；祝愿那些健在的人们人生路上幸福安康。

原载《陇南日报》

别样红叶别样情

大阳山，热恋红叶

一场突然而至的暴风雨引发了生活中的些许无奈，一山俏艳迷人的红叶点燃了人生希望的火花。从此，我开始"热恋"红叶，情倾红叶。

1979年10月，一个金风和煦、太阳笑得像花儿一样灿烂的日子，我去南部深山的广金采访，途中翻越大阳山。爬上山顶，远远看见一个人坐在路边的一块光滑的大岩石上，一动不动地眺望着远处连绵不绝的群山，连有人上山他也没发现。到跟前一看，原来竟是熟人，他是广金公社的一位干部，叫杨峰。他还是我们县广播站的特约通讯员，因而和我非常熟悉，他是从广金去县城。我说："杨峰，你呆呆地看啥，那么专心？"

"噢，看红叶！"他微笑着。

我说："此山生红叶，红叶年年有，有啥稀奇可看？"

"老哥，你是不知道，在大阳山上看红叶，特别有韵味！"杨峰认真地说。

对于他对红叶的痴情和神往，我并不以为然。那时候，从县城到广金75公里全靠步行。由于我们各自都急着赶路，没有时间更深地探讨有关红叶的话题，便在山顶匆匆话别了。

到广金完成采访任务后，第四天一早在公社吃过早点，我又返回县城。仍旧是阳光灿烂的一天，行程20公里后，于中午时分又到大阳山下。这时，我肚中已是空空如也，咕咕乱叫，口干舌燥。可这里前不见村，后不着店，几十里没有人烟。抬头仰望海拔 2400 多米的大阳山，我已是望而生畏，挪不动脚步了。趴在山下的小溪旁，喝了一气凉水，又用清凉的溪水抹了一把脸，顿觉轻松了许多。休息片刻，我又继续向山上爬去，到半山腰时起风了。才开始，山风呜呜咽咽像冤死的女鬼在低呻慢吟。风慢慢地越刮越大，山上的树木左右摇摆，互相碰撞，发出了"哗啦哗啦"的巨大响声。最后，大风以雷霆万钧之力摧枯拉朽，动地摇山。迎风的树枝"啪啪"折断了，枯朽的树木被连根推倒了。大风在半空中来回疾驰，发出饿狼般"呜——呜"的尖厉呼叫。不知何时，天空被乌云覆盖得严严实实，整座大山顿时笼罩在一片昏暗之中。不一会儿，疾风挟裹着劲雨"噼里啪啦"兜头浇了下来。情急之下，我只好跑到路边一块突出的崖岩下暂避。尽管如此，上身的衣服还是湿透了。深秋的雨水浇在身上透心地凉，冷风一吹，冻得浑身发抖，上下牙不由自主地直往一起磕。在这荒无人烟的深山旷野中，山风、冷雨、饥饿、孤寂一齐向我袭来，我真有点招架不住了。瘫坐在崖岩下，想想我干了六年临时工，转正又渺茫无期。当过临时工的人都知道，临时工就意味着在一个单位多吃苦，能受气，少拿钱。当时我月工资 30 元，工作却不分上下班。这样苦，这样累，干到何时是尽头？真想回去后就打退堂鼓，辞了这份工作。

约两个小时后，风渐渐小了，雨也住了，我又坚持着向山顶爬去。天黑前如果翻不过这座大山，那只好与熊瞎子为伍了。老天好像故意跟我开了个玩笑，当我一身泥，一身水地到达山顶时，却又是碧空如洗，艳阳高照。站在大阳山顶，看那雨水洗刷后的群山，格外地鲜活亮丽。树叶上的点点水珠，经太阳一照，晶莹透亮，闪闪发光，像是仙女撒下的串串珍珠。高高低低连绵不绝的群山，山顶的树叶都是彤红彤红的。接着往下到半山腰，是一团一团的红，一片一片的红。再往下则是一点一点的红，红中有绿，绿中显红。这是枫叶的红，秋天的红，丰收的红！一座座山峰像是一个个身着红花衣衫，披着大红头巾的漂亮迷人的山村少妇。难怪杨峰那么痴迷红叶，红叶自有她独特的魅力，自有她风骚的惹人之处。哪位大师能描绘出如此宏大壮观、如此红绿相间、如此浓淡相宜、如此层次分明的山水红叶？

唯有大自然。

山水如画，红叶似酒。我的心醉了，我的心被大自然浸红了，润亮了。面对满山红叶，我忘记了饥饿，忘记了疲劳，我的思绪久久沉浸在对红叶的美丽遐想中……"哟嗬嗬哟嗬嗬咿哟……"突然，旷野中传来一阵号子声切断了我的思绪。随着号子声，从茅草和树枝掩映的崎岖山道上，冒出来一位年轻人，真巧，又是杨峰。看他一身的泥水就知道，他同样享受了刚才那场暴风雨的热情"招待"。他瞧见我的头一句话就是："老哥，告诉你一个好消息！地区给咱县上下达了40名农村招干指标，实行考试，择优录用。"

"真有其事？"我有点不大相信（因为至20世纪70年代末期，据说不再从农村招干）。

"我昨天去组织部办事，亲眼见的文件还能有假！"杨峰肯定地说。

此时此地，我听到这个消息，不亚于耳边响起一声春雷，精神为之振奋，浑身都好像有了劲。满山的红叶也在微微山风的感召下，有的向我招手，有的朝我点头，舒展着一张张像鲜花一样的笑脸。此时，红叶在我眼里是那么的灵动多情，那么的亮丽娇艳，那么的风韵迷人，那么的温暖亲切。我生于斯，长于斯，岁岁年年有红叶，年年岁岁看红叶，我为什么从来没觉得红叶有这么亲，这么美。是否人在饥饿时才能觉得食物的诱人，才能知道五谷的重要？是否人在黑暗中才渴望光明，才懂得珍惜美好？

夕阳已经移到山边，山雀叽叽喳喳开始吵闹着归林。要不是急着赶路，我真舍不得离开大阳山顶，要把那俏艳的红叶看个够。下山时，我恋恋不舍地摘了几片红叶，回来夹在报刊剪贴本里，至今珍藏着（背景：年底我即参加了县上的招干考试，以优异成绩被录用）。

啊，红叶！忘不了大阳山那俏艳的红叶，多情的红叶，吉祥的红叶。悠悠红叶情，岁愈久，情愈浓。

文学社，心系红叶

金秋时节，我常常站在三楼办公室的窗口，眺望着远处那隐隐约约的山峦，山上有红叶。我仿佛嗅到徐徐金风送来红叶淡淡的馨香，红叶在我梦中，在我心中。

几位文友偶尔小聚，突发奇想。有人提议，为了文友们相互学习与交流的方便，应该成立一个文学社团组织。此提议立即得到了大家的赞同。说干就干，于是联络人员，筹集经费，起草章程，办理证照……万事俱备，就差给文学社取名了。文友们开动聪慧灵智的大脑，展开了想象的翅膀。什么"新月""金太阳""古道风""绿美人""南秦岭"……大家各抒己见，众说纷纭，讨论结果是暂定名"南秦岭"。取了这个社名，我总觉得不尽如人意，好像缺了点什么。文友们也都觉得不理想，颇有异议。缺什么？一时又说不清道不明。那天夜里在梦中，我像鸟儿一样飞起来了！飞越了许多村庄，飞越了几条大河，飞越了几座大山，最后飞到秦岭，飞到了大阳山上。秦岭和大阳山上那火一样燃烧的红叶，使我激动不已，灵感顿发，文思泉涌，欣然提笔写了下面的文字："秦岭的红叶像火一样燃烧，像血一样凝重。在山顶看红叶，像脚下的海潮；在谷底看红叶，像天上的晚霞。山与山重叠，红与红相映……""大阳山的红叶一片一片的红，一团一团的红，一点一点的红，红中有绿，绿中显红，像一位身着红花衣衫的风骚迷人的山村少妇……"梦醒后，这些文字仍清清晰晰留在脑海中。直到此时，我才恍然大悟，缺什么？不正是缺了我朝朝暮暮爱恋着的红叶，缺了曾给我力量、给我希望的红叶，缺少了红叶的红火热烈，缺少了红叶的优雅深沉。只有红叶，才是我精神的寄托，才能了却我的一桩心愿。

2006 年 10 月，枫叶正红时，两当县红叶文学艺术社正式成立。众位文友共同的志向，精神的力量，思想的聚焦，碰撞出"红叶"这朵小小的火花。没有惊天动地，甚至不为世人所知，但历史的镜头必将记录下这朵火花燃烧的全过程。

　　"红叶"，对局外人来说是一件不足挂齿的小事，对文学艺术界的朋友们来说，是一件值得可喜可贺的大事、喜事。"红叶"是两当历史上第一个民间文学艺术社团，是文学艺术界朋友们自己的组织，自己的家。"红叶"预示着两当文学艺术事业进入了一个新的历史发展时期，两当文艺百花园的明天将会更加绚丽多姿。

　　我们的文学艺术社取名"红叶"，文友们又推举我为"红叶"的第一任社长。这是我的荣幸，也是我和"红叶"的情分，是我精神和希望所在。"红叶"是以文学艺术创作为生命，为主旨的，除此没有别的任何个人利益所求。作为社长，此时此刻我深感责任重大。这个社长虽说没有级别，不拿薪水，但却是全县文学艺术界朋友们对我的信任，他们在我身上寄托着对"红叶"的美好期望。我生怕自己学识浅薄，能力所限，担负不好这个职责，辜负了大家的殷切期望。我唯有老老实实做人，踏踏实实做事，"言必信，行必果"，把文学艺术社的事情，当成我自己的事情，竭尽全力，尽我所能，以百分之百的努力，去争取哪怕是百分之一的成功。

　　希望数年之后，通过文友们的团结奋斗，辛勤劳动，生产创作出丰富多彩的精神产品，把"红叶"浇灌成文艺百花园中一枝倩丽诱人的奇葩，使她走出两当，走出陇南，走向全国。祝愿咱们稚嫩的"红叶"，"待到山花烂漫时，她在丛中笑"。

原载《甘肃日报·百花》

心　祭

再过几天就是清明了，也是外甥你去世十周年的日子，我再一次用心祭奠你。

2007年某日夜，一个电话将正在市上开会的我，从武都匆匆召回。次日上午，我第一眼见到的是：一尺见方的黑边木质镜框镶嵌着外甥一幅身着警服的半身像，年轻英俊，善良憨厚。你面部略带微笑，像往常一样虔敬地望着我，像是有许多话要和我说。然而，你什么也说不出，这是一幅悬挂在灵堂中央的遗像。望着眼前的遗像，我心痛欲裂，泪如雨下。外甥啊，你还那么年轻，事业和人生都正值壮年啊！自你去年在宝鸡住院开始，我就意识到这一天迟早会来，但没想到它来得这么快，这么早。干公安三十年，多少次出生入死，你却没死，可是，可恶的病魔……

外甥啊，我有许多心里话，你活着时未能对你说，如今只有在你的灵前对你说。这些话如鲠在喉，不说不快。说了我才能对得起你，才能对得起我的良心。这是最后的机会，再过几小时，厚重的黄土就会把你我隔断在两个世界，我再说啥你也听不见了。

你我虽是舅甥关系，但又是同龄人。在几十年的风雨人生路上，你我同命运，共患难，在我的亲戚朋友、侄儿外甥中，我对你的感情最深最重，超越了常人，超越了亲情和友情。这不是一般的情谊，是经历过患难与共，生死考验的情谊啊！你我一起上学，一起长大。同级同班，还经常同桌。儿时的外甥、舅舅也常打架骂仗闹矛盾，但过不了半天又好了。你我知根知底，知脾知心，心相印，息相通；你愉快，我高兴；

你害病，我心痛。外甥啊，你走得很累很苦。在你生命的最后时日，看着你在病床上辗转反侧，疼痛难忍，彻夜难眠的样子，我心痛啊，我心痛！病魔啊，你为什么不来折磨我？

那一年你去徽县执行公务，摩托与汽车相撞，你却能死里逃生。那一次死了，悄悄地死了，也许没有这么苦。

那一年你去厂坝围捕持枪歹徒，歹徒的子弹从耳边擦过，你却没死。那一次死了，突然死了，也许没有这么疼。

真后悔，我这一生为什么没有做一个优秀的外科医生，拿上手术刀去把生命从病魔手里夺回来，看着病人笑了，家人笑了，那将是一件多么幸福惬意的事情。

五十年的人生，说短也长，说长也短。人的身影不可能永远留在岁月的长河中，但生活中的某些剪影却可能永远留在记忆中。外甥啊！因了这些记忆，我心痛啊！

大姐是我们家中的长女，招的上门女婿，你又是大姐的长子，虽然当时大姐一家已和我们分家另过，但是仍住在同一个院子，房对房，门对门。大姐给你烙一个酸菜麸皮馍馍，你总是要分给我半块。母亲做一回菜豆腐，我总是要等你回来一起吃。有一回，大姐去县城开会，给你带回两颗熟鸡蛋，你舍不得吃，硬是要留给我一颗。我当时去了外婆家，等我几天后回来时，鸡蛋还静静地躺在我的书包里，剥开蛋壳已经臭了。可这种患难与共的情谊却一直感动着我的记忆，感动着我的人生。

外甥啊，有人说你没出息，不会当官。事实也的确如此，比起那些用手中权力搞权权交易，权钱交易的人，你的确是没出息的官。你干公安工作三十年，从副局长到局长整整二十年。你我虽有这样非同寻常的亲情关系，在那农转非最吃香的时候，你手中虽然掌握着农转非的大权，你也没有为我的子女解决一个农转非。我知道，全县几千人每年盯着数量很少的几个指标，我理解你，从不怨你。

那一年，云屏南天门白江杀人案发，其中的一名犯罪嫌疑人被抓又放。社会上议论说，公安局局长肯定有问题。听到这些议论，我的心都悬起来了。我问你，你是不是拿了人的好处，这可是人命关天的大事啊！你一定要头脑清醒。你对我说，舅你放心，不是你想的那样。我相信你说的话，后来事实也果然如此。外甥啊，正是你的这种没出息帮了你，救了你，使你得以在数十年公安局局长的岗位上，平平安安，善始善终，半夜不怕鬼叫门，上不愧党和政府，下不愧两当人民。

外甥啊，对你的没出息，亲戚朋友们无怨无悔！你的良心也该是无怨无悔！公道自在人心。看啊，你灵前层层叠叠的花圈、挽幛，数量之多创造了小城之最！这就是两当人民对你最好的回报。

外甥，据说在你心脏停止跳动前的最后时刻，你对亲属提出的唯一要求是死后仍要穿一身警服。外甥，如果有来世，我相信你还是一个"没出息的"公安局局长。

人生自古谁无死。外甥啊，你走了，你去回归自然，回归土地，其实是一件幸事。土地原本就是生命之源，万物之源。生生息息本来就是土地的事，自然的事。外甥啊，你就静静地安息吧。

原载《陇南日报》

诗意的春天

在这春光融融，万物复苏的阳春三月，冷空气不时来袭，天气乍暖还寒，但翻开《慢城流光》却让人感受到一股暖暖的、浓浓的诗意的春天！《慢城流光》流走的是易逝的时光和年华，留下的是人类的风流和辉煌，自然的阳光和美丽。

我和作者也算是因文学结缘。在认识作者之前，首先认识了她的诗文。早在十多年前，在《开拓文学》上读了她的诗，诗行中流淌的那种亲切自然、鲜活灵动的诗情画意，就使我颇受感染和感动。当时仅凭一个文学爱好者的直觉认定，雷爱红是一个很有潜力、很有前景的诗人。后来每次去市文联开会，市文联的毛主席都要提到雷爱红的诗，对她寄予厚望。现在网络文学很火，任何作品都能在网络上流传发表。好处是给广大的文艺爱好者给予了展示才华的广阔空间，坏处是由于管理的缺失，没有一个辨别是非、评价作品的统一标准，以至于鱼龙混杂，泥沙俱下。有实力的作者从不拿网络说事。爱红就属于这样的作者。看她发表作品的轨迹就清楚：从《开拓文学》《陇南日报》《飞天》《北方作家》到《星星诗刊》等专业文艺媒体。她做人低调不张扬，做事老实能吃亏，作文认真很严谨。她十年磨一剑，踏踏实实，一步一个脚印。不投机取巧，不急功近利。现在终于修成正果，成为我县的骨干作家，成为两当，甚至陇南最具影响力的诗人之一。

很难想象，一个学化学的最后竟成为一个有实力的优秀诗人。这可能既有先天赋予的因素，又有后天努力的结果。爱红不仅是位有实力的诗人，而且在散文、小说、报告文学等领域都有涉猎，都有实力，都表现出与众不同的写作风格。我不懂诗歌，也不会写诗，没有资格去评价《慢城流光》的好坏优劣，只是以一个文学爱好者的直觉认为她的诗文很清新、很朴实，意境很空灵、很优美。每行文字都是自然而然，一气呵成。文学源于生活，高于生活，作者善于从真实中发现生活的亮点，从自然中寻找诗文的空灵。一株普通的草木，一座普通的山峰，一条普通的溪流，在作者的笔下都能成为鲜活灵动的诗情画意。细细品味《慢城流光》，在那行云流水般的诗行中，能看到今日两当的日新月异，能看到昔日故道的风云变幻，能感受到作者对生活的真挚情感，对社会的深刻洞察力。在字里行间能听到风在低吟，水在私语，鸟在唱歌；能听到草长的声音，花开的声音，仿佛还能嗅到田野里泥土散发出的土腥味和空气中山花飘来的芳香味。

文学是一座比天还高的山，也可能我们一辈子都登不上峰顶。同样的理，《慢城流光》也有瑕疵，也还稚嫩，在今后创作的路途上，作者还需要不断向上攀登，祝愿爱红取得更加丰硕的成果。

感谢《慢城流光》和它的作者，让我感受了一回浓浓的诗意的春天！

红叶心雨

　　我特别崇敬那些用鲜血和生命换来今天幸福生活的革命前辈及无数革命先烈。我用发自内心的真情实感写作了以《儿子圣地看母亲》《梦中红梅》为代表的"红叶心雨"这一篇章。

金润玉石党旗红

花蕾初绽

"金润玉"，有一群点石成金的人；"金润玉"，飘扬着一面鲜红的党旗。

两当县境内的黑河国家森林公园，因为电影《白莲花》的拍摄而名扬省内外，成为陇南十大风景名胜区之一。而与黑河一梁之隔的竹园沟，坐落着一个现代化的花园式民营企业——甘肃金润玉石业有限公司，却鲜为人知。

竹园沟，四周青山环绕，中间溪水长流。春来山花烂漫，绿草如茵；冬到白雪素裹，青松葱郁。在这风景优美的大山深处，占地100多亩的"金润玉"厂区依沟而建。办公楼、宾馆楼、公寓楼、职工宿舍楼和钢结构的大理石加工厂房、污水处理塔、35kV送变电站错落有致、栉比林立。花园、绿化带、篮球场和各种休闲健身设施点缀其中。"金润玉"是雪中绽放的红梅，是山中傲立的金鸡，是一座美丽独特的城市公园。仅从它的设计理念和建筑格局，就可以透视出一群民营企业家干事创业的超前眼光和博大胸怀。

甘肃金润玉石业有限公司的大理石开采和深加工项目，是两当县政府在第17届兰洽会上和公司签约的招商引资项目，是陇南市列重点工业项目。设计总投资4.3亿元，一期工程已投资2.5亿元。目前已建成公司办公区、员工生活区和采矿、加工两个生产区，总建筑面积4万平方米。预计一期工程全部建成后，可年产大理石荒料 5 万立方米，加工板材 200 万平方米，实现产值约 6 亿元，上缴利税约 8500 万元，可为当地解决就业 260 人。工程于 2010 年 6 月正式开工建设，2012 年 9 月开始试生产。已生产大理石荒料 1872 立方米，加工板材 18871 平方米，创产值约 600 万元。仅用两年时间，创造了投资规模大、建设周期短、建设质量高的"金润玉"模式，成为两当县最具规模的县域工业企业，成为一个绿色环保、技术一流、高效低耗的现代化花园式企业。而"金润玉"公司党支部一班人，就是创造这些奇迹的带头人。

攻坚克难

站在"金润玉"公司事业初展辉煌的台阶上，回忆创业初始的艰难历程，"金润玉"员工深有感触地说："党支部是我们的主心骨。有了党支部，我们在这里打工打得踏实，打得放心，越干越有希望。""金润玉"公司党支部成立于 2011 年 6 月，有 16 名党员。回头看看走过的路程，可以说，党支部是公司凝心聚力的支柱，党支部是公司攻坚克难的后盾。

深沟无人迹，空山听鸟语。这句话是对"金润玉"公司进驻前的竹园沟的真实写照。竹园沟纵深数十里，荒无人烟，海拔 1400 多米，采矿区海拔在 2000 米以上，属西秦岭北坡的高寒阴湿山区。无霜期短，雨季长。公司于 2010 年 6 月进驻竹园沟开展前期测量设计工作时，住帐篷，睡地铺，吃不到新鲜蔬菜，看不到电视，听不到广播，加上经常是阴雨连绵，大山深沟，云遮雾罩，看不见天，见不到人。晴天一身土，雨天一身泥，有的员工坚持三天就当了逃兵。不管工作多么艰辛，无论日子多么难熬，党支部书记、公司副总李建军和支部委员、公司副总李建林带领几名员工始终坚持了下来，而且按总公司的时间要求保质保量完成了测量设计任务。为公司的基本建设打了第一场硬仗、胜仗，为公司的建设发展奠定了良好的基础。创业初始，公司的党员队伍就在生产建设中充分发挥了模范带头作用、战斗堡垒作用，得到了总公司领导的肯定和好评。

紧接着总公司又把"金润玉"一期基本建设工程的任务交给了党支

部。由支部书记李建军和支部委员李建林负总责。军人出身的李建军原是省军区某部正团职干部，李建林原任某县武装部长，退伍后又受聘来到"金润玉"公司二次创业。他们仍然保持着军人的习惯和军人的作风，说话干脆利落，办事雷厉风行，言行举止处处透出一股军人特有的气质。"金润玉"一期基建工程，计划投资 2.5 亿元，建成办公区、生活区和采矿、加工两个生产区，总建筑面积达 4 万平方米。由于施工区高寒阴湿，无霜期短，作业时间有限，既要赶工期，又要保证工程质量，这无疑是块难啃的硬骨头。风险大，责任重，但李建军和李建林二话没说便接受了任务。军人不习惯讲价钱，习惯的是服从命令听指挥；习惯的是知难而上敢打必胜。搞基建确实是个苦活累活，尤其是在一个人生地不熟的边远山区，从征地到破土动工，往往会出现许多意想不到的困难和阻力。正在施工的工地有时被村民封堵，民工被迫停工。当地村民时不时会提一些格外要求，连运材料的卡车也经常被半路拦截，不准通行。不管遇到何种阻力和刁难，当头头的都得赔着笑脸，抱着耐心，诚心去向村民解释、沟通，有时还得骂不还口。虽然不当兵了，军人把老百姓当亲人的优良传统他们没有忘。几年下来，工程建成了，他们也和当地许多村民成为无话不谈的朋友。

　　为了保质保量按期完成一期工程建设，在李建军、李建林的工作日程上没有上班和下班，没有白天和黑夜。每到一个工程的关键期和施工最紧张的时候，他们一天只能休息五六个小时。说他们是管工程的头头，其实他们就是一个工程质检员、现场监督员。每一项工程的关键部位或者每一栋楼层浇注的关键阶段，他们都和现场监督员一起亲临现场监督。民工干到什么时候，他们陪到什么时候。支部书记李建军常说，工程质量重于生命，重于泰山，必须把好每一道关，不能有丝毫的疏忽和大意。正是有了一群像李建军、李建林那样爱岗敬业、认真负责、吃苦耐劳的共产党员，才有效地保证了工期和工程质量。"金润玉"投资 2.5 亿元的一期基建工程，只用了两年多时间，主体工程全部建成并投入试生产。没有一项工程因质量问题而返工重建。这一切无不浸透了"金润玉"全体员工的心血和劳动，这一切也无不浸透了"金润玉"党支部和全体共产党员的心血。

两年中，挖填土石方总量达 31.8 万立方米；修建护坡、水渠等水保防护工程浆砌石总量达 3.5 万立方米；完成了办公楼、公寓楼、宾馆楼、职工宿舍楼、食堂以及供热、供水等附属设施建设 2 万平方米；修建完成了 1 号、2 号钢结构厂房 2 万平方米；完成了石材加工厂 40 吨龙门吊以及大锯、磨锯、异型锯等各种设备安装调试，并投入生产；建成了投资 800 万元的 35kV 送变电工程；建成了储量为 50 吨的柴油加油站一座；完成了公司办公区、生活区、工厂生产区及室外场地和道路硬化、绿化工程，共 3.2 万平方米。

一个投资规模数亿元的企业，从测量设计到试生产，只用了两年，而且是一个高起点、高规格的全新设计理念，设备技术一流的现代化企业，这不能不说是一个奇迹！这是"金润玉"人创造的奇迹，是"金润玉"的共产党员们创造的奇迹。

在公司一期基建工程即将全部完成的时候，甚至还没来得及喘一口气，支部委员李建林又接到赴矿山负责基建和生产的命令。军人以服从命令为天职，接到总公司通知的第二天，他就收拾行装上了山。

初春，山下的厂区已是山花竞放，春意盎然。在海拔 2000 多米的矿山，冰雪还没有融化。通往矿山的公路汽车还无法通行，生活必需品和建筑材料都靠人力背运。在陡峭的山路上，一次只能负重 20 千克。白天寒风刺骨，晚上帐篷内的室温也在零摄氏度以下，冻得人难以入睡，工作和生活的艰辛可想而知。对于李建林来说，说是去负责，不如说是去接受一场更加严峻的考验。对于当过兵的人，对于真正的共产党员来说，没有什么困难是不可战胜的。李建林没有辜负总公司领导的期望，他克服了常人难以想象的困难，按总公司的要求，按时完成了矿山生产、生活所需的基建工程任务。新建职工生活区板房 762 平方米，开辟了 1 号、2 号采场，新开了 3 号采场和两个洞采采场。完成了矿山供水和道路工程，完成了两台意大利进口的采矿设备安装。架设高压电缆3.1 千米，安装完成了矿山所需的其他供电设施，使矿山进入正常生产。在"金润玉"，哪里最困难，哪里就有共产党员。在公司的整个生产建设过程中，处处彰显出党支部的战斗堡垒作用和党员的先锋模范作用。在"金润玉"，共产党员让人尊敬，让人刮目相看。

凝心聚力

三月的竹园沟，春寒料峭，绝大多数草木还没睡醒，然而四周山坡的野桃花、迎春花还是早早地开了。粉红粉红的桃花和金黄金黄的迎春花，像一个彩色的花环包围着"金润玉"厂区，带给人温馨、温暖的春天气息。"金润玉"党支部就像这春寒中绽放的迎春花，时时温暖着、凝聚着员工的身心。

在"金润玉"，公司老总、党支部领导成员与普通员工之间没有什么森严的等级差别。公司老总、党支部领导成员和普通员工，在同一个大灶上就餐，享受着同样的伙食补贴，吃着同样标准的饭菜。下班后，领导和工人一起开展体育活动。在乒乓球室、在羽毛球场、在篮球场上大家你争我抢，吆五喝六，不亦乐乎。分不清谁是领导，谁是工人。公司和党支部领导都常说，要想和工人心近，首先要人近，人近了才能心近，只有心近了才有凝聚力，才有战斗力。为此公司党支部成员和中层以上干部，普遍开展了与员工"贴心交朋友"的活动。要求公司领导和每个党支部成员，至少要交五至十名贴心朋友。员工谁家有了红白喜事，大家都去搭礼帮忙，员工生病或遇急难事，公司派车派员予以帮助，派代表前去看望慰问。公司关心员工，员工爱护公司。公司把员工当亲人，员工才能把自己当主人，才能树立起"以厂为家"爱岗敬业的职业道德。在公司的生产建设中，只有充分发挥员工的聪明才智，才能出产品、出效益。

军人出身的共产党员、电工班班长王玉新，性格内向，话语不多。虽然不是科班出身，但是他工作踏实认真，吃苦耐劳，电工手艺娴熟，技术精湛。无论何种电气设备故障，经他的手一摆弄，总能顺利排除。他干活总是那么严肃认真，一丝不苟，从不将就凑合。他说："拿人工资，忠人之事，干活要踏踏实实，做事要尽心尽力。"石材加工厂40吨大型龙门吊滑触线的安装，技术难度大，厂里准备请专门技术人员来安装。为了节省时间和资金，王玉新自告奋勇，带领电工班边学边干，大胆钻研，一次安装调试成功，为厂里节约了时间和安装费用。大理石加工厂1号、2号厂房，原设计安装照明灯具1000余盏，仅材料和安装费用要花费上百万元。王玉新向厂里建议改进原设计，减少灯具安装数量，最后公司领导采纳了他的建议。王玉新带着他的电工班大胆革新设计，充分发挥大家的聪明才智，实际安装照明灯具由原设计的1000余盏减少到96盏，而且达到了生产规定的照明效果，为厂里节约了能源和上百万元的资金。王玉新自进公司的那一天起，几年来一贯是这样踏踏实实地工作，尽心尽力地干事，把公司的事当自家的事干。他的工作不分上下班，经常是别人下班了，他还加班加点维修设备。即使在吃饭休息时，只要哪里的设备有了故障，他也得放下碗立即出发。

他参与了建设初期工程用电线路的架设，参与了35kV送变电工程线路的架设和设备安装；参与了矿山电力线路的架设和设备安装。总之，"金润玉"的每一台电气设备都留下过他的指纹；"金润玉"走过的每一段路都洒下过他的汗水。他在"金润玉"的生产建设历程中，努力发挥着一个共产党员的先锋模范作用。像王玉新这样的共产党员，在"金润玉"公司还有许多。

在大理石加工厂的1号、2号生产车间，有一群以李岩、陈亮、米志军、李海涛等人为主的共产党员群体，同样发挥着模范带头作用。每天上班，党员总是走在别的员工前面。下班，党员总是最后离开。有了脏活、累活党员总是抢着干。在车间里党员带头帮助别人，带头团结同志，带头完成生产任务。在这个党员群体的带领下，生产车间克服了外地员工水土不服、生活习惯不适应的困难，克服了学徒工多、技术熟练工少等困难。他们采取边生产、边培训，学中干、干中学，师傅重点教、徒弟互相学等办法，在短期内便培训了一批技术骨干和熟练工人。党员带头并注意发挥全体员工的聪明才智，用很短的时间配合基建部完成了生产设备的安装调试，自行解决了龙门吊滑触线的安装和车间照明安装等疑难问题，并为厂里节约了可观的资金。设备投入生产三个月来，运行平稳正常。生产大理石板材 26108 平方米，补胶 2096 平方米，磨抛 16466 平方米，生产线材 1202 米。

生产车间的党员群体年轻有朝气，他们善于学习钻研，自行设计创新。在不到半年的时间里，由原来单一生产大理石板材，到现在已能生产出线材、花瓶、茶几、拼花等四种异型材产品，投入市场颇受欢迎。公司和党支部也大力支持员工的革新、创新精神，对做出贡献者给予表彰奖励。"金润玉"公司和党支部为员工创造的这种温馨和谐的企业氛围，为一切有志青年，提供了一个干事创业的广阔天地。企业本身也必将得到不断地发展壮大。

"金润玉"公司的生产建设能够顺利进行，这与机关后勤保障部门几位共产党员的辛勤工作也是分不开的。他们在工作中花的心血，流的汗水不比生产一线的员工少，说他们是幕后英雄也当之无愧。机关后勤部经理、共产党员尚光辉工作认真负责，一丝不苟。兵马未动，粮草先行。他要求后勤人员要保证生产一线的员工吃好、住好、休息好。为保证员工吃好，他要求餐厅做到每顿饭至少要有三菜一汤，两种以上主食，并且天天不重样。从蔬菜、食品的采购到菜谱的制定，他都亲自检查过问。他每天到餐厅带头排队打饭，维持就餐秩序，以保证每一位员工都吃上热饭菜。他督促卫生管理员每天都要保持员工宿舍楼的清洁卫生状态。保证员工每周能洗上两次热水澡。他带头打扫卫生，为员工做表率。

公司人事部经理、共产党员景维富，虽是人事部主管，但还兼管着公司办公室的文秘工作，既是秘书，又是打字员，起草打印文件、接待客人，还要协调机关各部门之间的工作。忙了这边忙那边，每天都要工作十几个小时，但他任劳任怨，默默工作，从无怨言。在"金润玉"公司机关，像这样埋头工作、任劳任怨的共产党员还有很多。党员是旗帜，是榜样，在公司得到了广大员工的认可。

温馨和谐

"金润玉"公司党支部就像寒冬里熊熊燃烧的一团火焰，时时温暖着公司全体员工的心,并且温暖着竹园沟四周的村民。公司党支部这面火红的旗帜,不但照亮着"金润玉"厂区,也照亮着竹园沟周边的山山水水。

党支部书记、公司副总李建军和公司其他领导,经常会接到附近村民打来的电话,有的给他们提建议,有的给他们推荐"人才"。驻地附近的五保户焦福元老人,一会儿打电话给公司推荐电工,一会儿又打电话给公司推荐司机,有许多人拿着焦福元写给领导的条子,直接来公司要求上班。李建军开玩笑说:"焦老当了'金润玉'公司一半的家啊!"逢年过节,经常有村民到公司来请员工或领导吃饭。这种温馨和谐的企地关系,体现出公司和驻地村民的鱼水关系,也显示着"金润玉"公司的人气魅力。实际上几年来,公司领导和党支部成员在当地村民中结交了许多知心朋友,焦福元老人便是其中的一位。三年前公司刚刚入驻竹园沟时,公司领导发现焦福元老人独居深沟,远离村镇,生活困难。党支部组织党员为老人拾柴、担水。公司的车辆外出采购时,替他买回油盐茶叶等生活用品。焦老生病了,公司会派车为他请医生或送他就医,不是亲人,胜似亲人。三年来,公司党员们始终如一地坚持照顾着老人的生活,焦福元老人动情地说:"我虽然没有亲人,但公司的员工都是我的亲人。"在矿山采厂,矿长李建林同样组织党员常年照顾着驻地二郎坝村的五保户老人张昌兴,为他拾柴、挑水、打扫卫生,好似一家人,亲似一家人。

杜鹃花开

五月,竹园沟山顶上的高山杜鹃开花了。那红的、白的、粉红的各色杜鹃花一团团、一片片如血似火,鲜艳欲滴,给人以激情,给人以希望。

2013年3月,"金润玉"公司党支部被评为陇南市非公企业优秀党组织、学雷锋活动先进单位。

2013年5月,"金润玉"公司党支部被确定为省级非公企业基层党建示范单位、市级学习型先进党组织。支部书记李建军被评为学习型先进个人。

"金润玉"是一朵初绽的花蕾,还是一个正在建设中的民营企业。它在前进的道路上还有许多的曲折和困难,更需要社会的关心和帮助,然而,它绝对是一个有爱心的人性化的企业。它首先想到的是当地的困难群众,当地的公益事业。这一切都源于她有一个坚强的党组织,有一群能点石成金,全心全意为人民服务的共产党员。

愿"金润玉"党支部这面鲜红的旗帜在竹园沟高高飘扬,愿"金润玉"公司的明天更加美丽辉煌!

儿子圣地看母亲

心口呀莫要这么厉害地跳，

灰尘呀莫把我眼睛挡住了，

手抓黄土我不放，

紧紧儿贴在心窝上。

几回回梦里回延安，

双手搂定宝塔山。

千声万声呼唤你，

母亲延安就在这里。

　　著名诗人贺敬之把圣地延安当作自己的母亲，一首《回延安》道出了他对延安母亲殷殷的思念之情，热烈的感恩之情。几十年来口口相传，经久不衰。是的，圣地延安养育了中国革命，养育了中国共产党，她是每一位共产党人当之无愧的伟大母亲！当然，延安也是我十分敬仰的母亲。

　　快到延安了，能瞧见电影上、电视上多次见过的宝塔山了，我激动的心情和贺敬之诗歌中描述的一模一样，心口儿越跳越厉害。五十多岁的儿子还是头一回来到延安看母亲，心口儿能不跳吗！

　　圣地延安是我的母亲。生身母亲给了我物质上的养育，延安母亲给了我精神上的养育。从上小学的那天起，延安母亲"为人民服务"和"艰苦奋斗"的教导就深深地烙在我的心灵深处，从而确立了我的人生观。那就是人生的价值是应当用自己的才智为社会去服务、去付出，而不是去索取、去贪婪。有了两位母亲的精心哺育，儿子才一天天长大成人。人们崇敬母亲，是因为母亲榨尽乳汁养育她的儿女，却不图回报。延安就是这样的母亲。儿女得益于母亲，怎能不感恩于母亲。五十多岁的儿子，还未曾和养育过自己的母亲谋过面，心中留有多少缺憾啊！我时时思念母亲，我苦苦思恋母亲。多少次在心中、在梦中来到延安母亲的身边。

延安母亲到底是个什么模样？我心中有着许多许多的猜测。2009年6月15日，对我来说是个难忘的日子。这一天我终于有机会来到延安，亲眼目睹延安母亲的风采。真实的延安，和我想象中的延安有一样的地方，也有不一样的地方。在我的想象中，延安母亲用她博大的胸怀养育了中国革命，应该是一个很大很雄伟的地方，其实延安的土是黄土，延安的山是土山。沟很深，坡很高，典型的陕北黄土高原地貌。过去从书本上认识的滔滔延河水，也没有滔滔的模样，只剩一丝涓涓细流。是不是母亲为养育儿女淌的汗水太多，流的心血太多，母亲太苦太累了，以至于让延河都失去了昔日壮观的风采？延安市像一位精瘦的母亲，依山顺河躺在那宽不过数里，长二十余里的山沟里。难以想象，就这样一位精瘦单薄的母亲，却有大海一样的胸怀，在长达十三年的时间里，养育了中共中央机关和数万边区部队。据说在国民党对陕甘宁边区实行经济封锁的年代和延安保卫战期间，延安老百姓宁愿自己吃糠咽菜，却把仅有的一点点小米送给部队。老百姓面对胡宗南匪兵滴血的刺刀，宁愿舍掉自己的性命，也不愿说出党中央和解放军的去向。解放战争期间，延安有数十万民兵参战支前，延安妇女为解放军做了几百万双军鞋。延安母亲的确是付出太多太多，她太累太累了。现在是该母亲休养生息的时候了，是该儿女们回报母亲的时候了。

党中央、国务院始终牵挂着延安的父老乡亲，儿女们也时刻没有忘记延安母亲。儿女们回报母亲的愿望正在变为现实。国家每年给延安有上百亿元的项目投资。每天从祖国各地有络绎不绝，成千上万的儿女们来到枣园，来到杨家岭，来到宝塔山，来到南泥湾，看望延安母亲，感受延安精神，为使延安母亲变得美丽和富饶尽一份小小的心意。他们在延安喝一瓶水，吃一碗面，住一宿旅馆，买一件纪念品，栽一棵小树，流一滴汗水。儿女们就以这样细小的、朴素的各种方式抚慰回报着延安母亲。凡是来到延安的人，都不是为了游山玩水，他们是在感受一种黄土高坡的厚重和博大；他们是在感受一种精神力量的神奇和无穷。何况，延安有过那么多神奇的人物，发生过那么多神奇的故事。

延安，你怎么有这么多的山？

这么多的沟？

你怎么会唱这么多的信天游？

你怎么会讲这么多种神奇的故事？

你怎么会如此风流！

在延安这片雄浑、厚重的黄土地上，无论是面对血与火的战争，还是严酷的自然环境；无论是面对贫穷还是富裕，延安人始终怀揣着一片对黄土地的真情眷恋，始终有一股不屈不挠、自强不息的开拓进取精神。他们把对黄土地的那份炽热而深沉的情意化作一首首信天游，在黄土高坡的千沟万壑间回应飘荡。

如今，在党中央、国务院和儿女们的关心呵护下，历尽艰辛和磨难的延安母亲，终于得到了休养生息的机会，延安变了。

延安变了，变靓了。那座象征延安的千年宝塔，虽历经岁月的风云变幻，刀霜剑雪，但依然巍巍挺立，更加风采奕奕。现在的延安有二十多层栉比林立的高楼耸入云天，入夜后那灿若星河的各式霓虹灯，把圣地的黑夜映照得如同白昼。这浓浓的现代化都市气息，和昔日那黄土高坡上的延安古城已有着天壤之别。延安有我国西部最先进、最漂亮的火车站；延安有直达北京、上海的火车；延安有飞往北京、西安的航班；延安有连接陕西各地的高速公路。延安已构成了公路、铁路加空运的立体交通网络。中国延安干部学院和新落成的延安革命纪念馆，都是圣地延安标志性的建筑。坐落在延安北口的中国延安干部学院，占地约300亩。一座座银灰色的大楼和红花绿树、水榭亭台互为点缀，相映成趣。整体建筑布局既显庄重大方，又很新颖典雅，处处凸现出中国官员最高学府的博大、雄伟和神秘。新落成占地 100 多亩的延安革命纪念馆，院内芳草如茵，绿树成荫。喷泉雕塑簇拥着院子中央高大伟岸的毛泽东铜像。纪念馆整个建筑呈环形状布局。主展馆的外形设计就像当年枣园一孔孔拱形的窑洞，古朴庄重，匠心独具。展馆内全部采用了声、光、电、景的全方位、立体化，再现当年实物、实景的现代化展示手段，使人走进展馆便有身临昔日其境之感，好像又回到了当年延安那烽火连天、激情燃烧的岁月。延安的宜川还有举世闻名的壶口瀑布；延安的黄陵还有海内外华人寻根祭祖的黄帝陵。这些都是足以让延安母亲引以为荣的事情。

延安变了，变绿了。地处陕北黄土高原的延安，过去是光山秃岭不见树，连草也像山羊的胡子稀稀拉拉。延安的山本来是荒凉贫瘠的，加之战争年代的破坏和创伤，可以说延安母亲已是伤痕累累，精疲力竭。而我现在看到的延安和我之前认识的延安，却是天上地下，大相径庭。我乘坐的汽车穿行在延安的山山水水间，犹如航行在绿色的海洋里。走过黄陵、洛川、宜川、甘泉、宝塔等县区，所到之处，绿色盈眼，苍翠欲滴。山坡上灌木葱郁，绿韵接天；田野里果树成林，绿荫匝地。一座座水库、池塘碧波荡漾，倒映蓝天。还有我没有走到的吴起和志丹——当年中央红军和陕北红军会师的地方，那里的林草覆盖率已达到 62.9%。吴起已经成为全国退耕还林第一县。面对这一切，我不由得惊叹道，这是黄土高原的延安吗？这和我们青山绿水的陇南没有多大差别呀！说起延安的绿色，延安人说，这得益于国家退耕还林的好政策。近十年来，延安累计完成退耕还林面积 865 万亩，占陕西全省退耕还林面积的 27%，占全国的 2.4%。延安已变成陕北黄土高原上一颗耀眼的绿色明珠。现在的延安已经看不到裸露的黄土，光秃的山坡。母亲啊，你是不是怕儿女们看到你裸露的伤疤时心疼，给自己赶快织起了一件绿色的外套穿在身上，为的是让党放心，让儿女们放心。

延安变了，变富了。听说过去延安人的生活：一口水窖两孔窑，圈里还有几只羊。白羊肚手巾土布衫，小米干饭南瓜汤。这就是富户人家的生活了。而现在延安人的窑洞再也不是土窑洞，都是石固砖砌的，而且还贴上了漂亮的墙面砖。大部分人家盖起了两层小楼房。电脑、摩托、小汽车也走进了寻常百姓家。庄户人家接客待友摆上十个八个菜，再也不是啥稀奇。他们穿戴上和西安城里人也没有啥差别，延安人富了。走过延安的黄土地，你会惊奇地发现，公路边或远处的田野里矗立起一座座井架，一台台当地人称为磕头机的抽油机，正在一上一下极有节奏地运动着。通过蛛网似的输油管道，把岩层深处那黑色的液体乌金送到了远处的炼油厂。石油天然气已成为延安老区经济腾飞的支柱产业。目前，延长石油集团在吴起、志丹、安塞、子长、延长、宝塔等县区，已建成了中国第四大油田——延长油田。2007 年 5 月 13 日，中石油和陕西省合作建设的 100 万吨乙烯工程项目在延安开工。项目建成后，年均实现销售收入 160 亿元，年利润达 30 多亿元。从 2006 年起，延安的年财政总收入达 148 亿元，农民人均纯收入 3551 元，人均财力居全省第一。延安富了，延安真的变富了。

> 千万条腿来千万只眼，
> 也不够我走来也不够我看。
> 头顶着蓝天大明镜，
> 延安城照在我心中。
> ……
> 对照过去我认不出了你，
> 母亲延安换新衣。

山变绿，水变清，人变富，城变靓。这是延安母亲和 215 万延安儿女曾经的梦想。现在这些曾经的梦想正在一步步变为现实。我想母亲看到延安这些年的新变化，一定会欣慰地笑了。关心和牵挂延安母亲的儿女们也一定会欣慰地笑了。我也笑了。儿子久经等待，千里迢迢来看望延安母亲，只要母亲安康幸福，儿子也就放心了。

原载《开拓文学》

梦中红梅

　　还是在我上小学的时候，第一次读了小说《红岩》，在崇敬和感动之余，就向往着去一趟重庆，去一趟歌乐山，亲眼看一看渣滓洞、白公馆，实地领略一下"红岩、红梅"的动人风采。然而，行云流水，光阴似箭，已经到了知天命的年纪，这趟南国之行，却一直未能如愿。想不到牛年新春之际，这一儿时就有的夙愿竟圆于梦中。

　　除夕之夜，看完了中央台的春节文艺晚会，头一落枕，即进入梦乡。梦中的我来到了重庆，来到了歌乐山。此时的北国还是冰封雪飘，春寒料峭；而南国重庆已是风和日暖，树绿花红。我乘坐一辆红色夏利出租车，沿着蜿蜒盘旋的山路来到了歌乐山上。走着走着，迎面一堵山崖挡住了去路，抬头仰望，峭壁百丈，猴猿难攀。崖顶一片郁郁葱葱的青松耸立在白色的薄雾中若隐若现，像是一排排在炮火硝烟中秘密行进的战士。绝壁挡道，我只好下车步行。待转过一个山头是一处山洼谷地，远处看去，一片绿茵茵的树丛中掩映着一幢幢红顶白墙的楼房，环境十分幽静。到得近前，只见幢幢楼房都围在高墙之内，我围着高墙转了一圈也没寻见入内的大门。奇怪，不知是庄园别墅，还是白公馆、渣滓洞？正在我驻足猜测间，突然天空中一团黑云涌来，罩得山洼谷地天昏地暗。红顶白墙的楼房顿时一片灰暗。刚刚还绿茵茵的树林瞬间成了秃枝光杆。高墙上布满电网，铁门紧闭，悄无声息，看不见一个人影。只见墙头伸出带血的刺刀，寒光闪闪！透出一派恐怖和阴森，不由得人毛骨悚然……我仿佛听见高墙内有魔鬼在吼叫！我仿佛看见江姐、许云峰、成岗、刘思扬等《红岩》的主人公，在敌人的酷刑之下血肉模糊的躯体！一滴滴殷红的鲜血汇成小溪染红了脚下的牢房，染红了歌乐山的岩石。

　　待我从一片昏暗和恐怖中爬上一个山头，回头眺望，刚才还天昏地暗的山洼谷地，顿时又晴空碧蓝，阳光明媚。枯树、楼房、高墙、电网、刺刀全都不见了，取而代之的是山洼、山梁上一株株开得正艳的红梅。一丛丛，一团团梅花像血，像火，嫣红绮丽，馨香袭人。忽然，艳丽的红梅花丛中走出一位身着蓝色旗袍、戴着镣铐的中年妇女，她面带微笑，充满自信，从容不迫，款款走来。这是江姐临刑前的英姿。她默默无语，边走边微笑着向战友们告别。但我似乎听见她在说："黑暗即将过去，黎明就在眼前。死亡有什么可怕！面对着死亡我放声大笑，魔鬼的宫殿在笑声中动摇！"江姐渐渐走远了，她的身影隐没在一片红梅花的海洋中。整个山洼谷地重又恢复了宁静，悄无人迹，只有灿烂的阳光和娇艳的红梅。此时，悄无人迹的山洼谷地突然传来《红梅赞》的歌声，悠扬激越的歌声由小到大，由远而近，最后似有千百人同声合唱：

　　红岩上红梅开，千里冰霜脚下踩，
　　三九严寒何所惧，一片丹心向阳开……

　　春节的黎明，一阵阵春雷般炸响的鞭炮声，把我从梦中惊醒，而梦中的情景却仍然清清晰晰，历历在目，使我回味了很久很久……

　　今天的青少年已经很少有人读小说《红岩》，很少有人知道江姐了。魔鬼、刺刀、鲜血、红梅，昔日的历史和今天安宁幸福的生活是紧密相连的，没有前者就没有后者，忘记历史就意味着背叛！红岩、红梅——我梦中的故事，梦中的歌，你也永远是我心中的歌。

原载《甘肃广播电视报》

不朽的红色音符

上苍滑落了一颗绿色的明珠，镶嵌在西秦岭南坡的崇山峻岭中。这就是两当。两当座座青山葱郁，处处鸟语花香，因而又享有绿色两当，诗画两当的美誉。

两当是一座美丽的小城，两当是一座红色的小城，也是红军长征两次经过的地方。当年有7名红军战士长眠在两当的土地上。他们的鲜血染红了两当的土地，他们的故事犹如一组组红色的音符，书写在两当的历史上永不消失；传唱在两当的大地上经久不衰。

太阳寺是两当一个美丽神奇的地方。放眼望去，山与山重叠，绿与绿相映，太阳寺是大自然神工鬼斧造就的一幅天然水彩画！这里自古就是走秦州、通关中的要塞之地，"两当兵变"的部队曾在此休息整编，红军两次从这里经过。云雾缭绕，硝烟弥漫，马蹄嗒嗒，脚步沙沙，我们仿佛又听见当年红军战士的脚步声。

1935年8月，太阳乡前川村农民周泰仁将一个因脚伤掉队的红军战士藏在自己家里，又从山上找来几样治外伤的草药给红军疗伤。几天后，这位红军的脚伤稍好些，他怕给周家带来危险，执意要告别恩人归队。周泰仁夫妇只好备好干粮，乘着黑夜将红军送出了太阳寺。红军的人影早已消失在远处黑沉沉的夜幕中，周泰仁夫妇还站在原地久久眺望着。

1936年10月，有4名红军伤病员路过太阳寺，被国民党太阳乡联保主任魏顺玉发现，他带着乡丁将男红军当场杀害，把女红军带回家强迫她给自己做老婆。谁知那个女红军宁死不从，他只好将她交给乡公所。

乡公所无处关押，又将女红军交给太阳寺街道开车马店的王永昌夫人王氏代为看管。王氏也是穷苦出身，她很同情女红军的遭遇。当天晚上她将女红军藏在自家的板楼上，然后哄骗乡公所说女红军跑了。王氏将女红军藏在自家板楼上送吃送喝，疗伤换药达半月之久。等女红军伤病痊愈后，才恋恋不舍地送她离开了太阳寺。临分别时，女红军动情地对王氏说："红军绝不会忘了你的大恩大德！"

穿峡破雾，奔腾不息的太阳河啊，您日夜不停地汩汩流淌，窃窃私语，是否也在向人们讲述着这鱼水情深的动人故事？！

黑河是两当又一个美丽神奇的地方。这里是红军长征中红六军团休养生息，扩红建政的地方。后来还由于电影《白莲花》在此拍摄的缘故，从而使黑河红极一时，声名远播。称黑河为"红河"可能更为妥切些。

黑河山俏水碧，峡幽谷静。无垠的森林郁郁葱葱，奇异的花草如缦如织，俏丽的秀峰绵延不尽，静静的河水清澈透亮。黑河不但自然风光秀丽，还有那"出生于上海，成长于黑河"的白莲花。白莲花是一个占山为王，劫富济贫的山寨女侠，在党的教育下成长为一个坚定的共产主义战士。最后在国民党重兵围剿，弹尽粮绝的情况下，飞马悬崖壮烈牺牲。来到黑河听一首"黑河美"的歌曲，看一场《白莲花》的电影，白莲花宁死不屈，舍生取义的传奇故事，让人热血沸腾，回味无穷。

这就是绿色两当，这就是诗画两当，这就是红色两当。

原载《陇南日报》

宁死不屈

人都说太阳寺美，山峦绿得滴翠，河水清得照人，高山杜鹃开花的时候能映红天边的云彩。人们还说太阳寺是块红色的热土，是红军的鲜血染红的。

1936年10月上旬某日晌午时分，在太阳寺通往天水利桥的河沟山道上，有三男一女共四位红军伤病员在艰难地行进着。他们要出太阳寺，进天水，抄近道，赶部队。

蜿蜒崎岖的山路，忽隐忽现地伸向西秦岭深处的天际尽头。山道两边密密匝匝的原始森林遮盖着道路，阴森森地透不进一丝阳光。起风了，山风在森林的缝隙间来回飞舞穿行，发出饿狼般"呜呜呜"的吼叫声。来到一处背风向阳的山崖下，几位红军伤病员各自选一块光滑的石头坐下来，准备休息一会儿再赶路。此时，路边的树林中有几支黑洞洞的枪口悄悄地对准了他们，他们却浑然不知。"叭叭叭"几声枪响，还没等几位红军反应过来是怎么回事，他们已倒在血泊中。两人当即死亡，一人重伤。只有那个女红军还安然无恙，她惊恐地注视着眼前发生的一切。树林中冲出几个端着火枪，背着大刀的国民党乡丁，其中一个叫魏顺玉的乡丁头目，举起大刀残忍地砍下了那个还在呻吟的红军的头颅……

魏顺玉是太阳乡公所的联保主任，是国民党反动政府的忠实走狗。1935年红25军长征路过太阳寺，将魏列入镇压处决名单，但他侥幸逃脱。因此，他对红军怀有刻骨仇恨。屠杀了三个红军伤病员后，魏顺玉领着乡丁将那个女红军押回自家宅院，关在西厢房的一间空屋中。他满心欢喜地打着如意算盘，要让这个年轻漂亮的女红军给自己当老婆。魏顺玉嬉皮笑脸地对女红军说:"你知道我为啥不杀你吗?""不知道。"女红军回答。"因为你年轻漂亮,我要让你给我当老婆。""你觉得我能给屠杀红军的刽子手当老婆吗?你这是痴心妄想!"女红军说。"你不答应的话,我就会杀了你。""要杀就杀,要剐就剐!"女红军倔强地说。"当不当由不得你,是死是活也由不得你!"魏顺玉说着就势过来要强行搂抱女红军。女红军假意害羞似的轻轻转身躲闪,待他近前时,女红军又突然返身,飞起一脚踢中魏顺玉的下身,疼得他蹲在地上杀猪似的嚎叫起来。稍顷,魏顺玉起身气急败坏地夺过乡丁手中的火枪,对着女红军搂响了扳机。

女红军静静地闭上了眼睛。

枪响了,女红军却又一次安然无恙。原来在魏顺玉搂响扳机的瞬间,枪口被魏的二老婆杨氏突然伸手抬向了空中。杨氏骂魏顺玉道:"你个挨千刀的不得好死!你要敢在老娘面前杀人,老娘就死给你看!"魏顺玉平时最怕他的二老婆,经杨氏这么一闹,他只好暂时打消了杀人的念头,但他不会善罢甘休。魏顺玉让乡丁抬来一盆烧得旺旺的木炭火,烧红烙猪头的烙铁,继续折磨女红军。烧红的烙铁烙在女红军的大腿上,嗞嗞地冒着油烟,撕人心肺的惨叫声,在深山旷野中久久地回荡着……已是暮秋,当日半夜时分,突然雷鸣电闪,狂风大作,暴雨如注。炸雷一声连一声好像在魏家的房顶炸响,震得窗户都嘭嘭作响。老天爷也似乎对魏顺玉的暴行敲响了警钟。

第二天早晨起来,天又晴得没一丝云彩,太阳红彤彤、暖融融的。有乡丁送来乡长的紧急通知,让把女红军送交乡公所,要开大会进行公审,魏顺玉只好停止了他歹毒残忍的暴行。女红军在几名乡丁的簇拥下,微笑着走进了太阳寺乡公所……

历史有时也会贪玩渎职,它没有记下女红军的名字,只留下了她不朽的精神。

原载《广香河》

红叶心雨

一

"霜叶红于二月花"。

沐浴着秋末的潇潇冷雨，身披着初冬的皑皑晨霜，面对着畏寒畏冷早早进入冬眠的万千植物不屑的目光，山山岭岭上那些不屈不挠不愿失去自我、失去本真的枫叶红了，在不经意间红了。先是一点点的红，一丛丛的红，一片片的红，最后，展现在世人面前的已经是一个万山披红，层林尽染的绚丽世界。红叶，像火一样燃烧，给人以激情感；红叶，像血一样凝重，给人以责任感。

秋风吹起，绿意盎然的原野，似乎一夜间憔悴了，仿佛一个夏季的热烈，让她倦意慵慵。唯有红叶悄然烂漫，俨如点点星火，一下子在萧瑟的原野上燃烧了，直烧得万山红遍，如血如火。冬天，在万物萧条的山野里，只有耐寒的青松和冬青是绿的，只有不屈的枫叶是红的。自然界的这一红一绿点缀着冬日的山野，是沉闷的冬日里一道生气勃发的亮丽风景。这似乎就是红叶的责任。

红叶是渺小的。一片红叶，在难以计数的树叶中，只是一片枫叶。一丛红叶，在乔木灌丛的海洋中，只是一丛枫叶。一山红叶，在绵绵无尽的千山万岭中，也只是一山红了的枫叶。她是平凡的，渺小的，无名、无位、无欲。然而，她却是坚强的、无畏的，迎着秋风秋雨出生，顶着严寒风雪长大，踩着三九冰霜成熟，披着腊冬瑞雪微笑，和着凛冽北风起舞，默默地、无私地美化装点着单调寂寞的冬天。直到来年春风化雨，大地披绿，山花烂漫时，她才算完成了生命的"从生到死又到生"的整个蜕变过程，然后又在不经意间消失得无影无踪。也许，在常人眼中，红叶的嫣然一笑，是微不足道的，她既挽留不住盛夏渐消的丰盈，又挡不住严冬渐近的残酷。但她至少在肃杀的秋风中，展现出她灿烂的热情。这是上苍赐予万木萧萧严冬的最后一抹亮色？不，她绝不是最后的绝望与凄然，而是来年盎然春色的预演。

这就是红叶的性格，是红叶对生命蜕变的诠释。

红叶是季节对春的梦想，是上苍留在严冬里的希冀，也是生生不息的一种精神。

二

经历了秋的冷漠，走过了冬的严寒，迎来了春的灿烂，现在又面对夏的热烈，她还是她。她只是掩藏在绿浪花海中悄悄地微笑。她不炫耀，亦不作秀，只想在万木萧条的冬天，实实在在地为大自然增添一丝热情的色彩而已。这就是红叶。

世人疑惑，红叶在哪里？

红叶在北国林海，红叶在南疆天涯，红叶在西域源头，红叶在东海仙境，红叶在秦岭的千壑万岭中，红叶在陇南的百花争艳时。有时看得见，有时摸不着。漫长寂寞的冬天，她给你撩人热情的色彩；百花争艳的春天，又难觅她婀娜多姿的踪影。她创造了欢乐，却不去享受欢乐，这是心灵的超然。她来不张扬，去无声息，她不图回报，亦不自贱。生生灭灭，一切随缘，全凭自然。

她的责任只在于延续秋的色彩，改变冬的孤寂，增添春的绚丽，远离夏的热烈。这是她在出生前就做的一个温馨而美丽的梦，是她的一颗痴心和永远的执着。她明白，自己并不超凡，生活没有真空。有了地球才生了她，阳光雨露滋润了她，天地万物陪伴了她。因此，大自然的灿烂，就是她的灿烂，人类的享受，就是她的享受。果能如此，就是她心灵的最大慰藉。

原载《陇南日报》

薛凡的故事

序　曲

一条清清的小河从一道深山峡谷中流出，河水碧清碧清能照见人的倒影。河口村，一个有二十多户人的小村庄，坐落在小河边上，一条简易公路从远处伸来经过村前。此处，村旁路边，地边坎边，到处长着一株株大大小小的核桃树，此时，正是核桃成熟的季节，一树树核桃青皮炸开，吐着白花花的圆核。

清晨，太阳刚刚从山边升起，田野里还弥漫着一层薄薄的雾气。河口村不远的公路边一棵大核桃树下的一块石头上坐着一位年轻女子，正低头看着一本杂志。这时，忽然从远处驶来一辆小吉普，"嚓"的一声停在她眼前不远的核桃树下。那女子微微抬头注视着小车，这是位柳眉凤眼，苗条而俊美的姑娘。

小车里钻出一位留着长头发，身着皮夹克，穿着喇叭裤的青年。他从小车上取下一只小铁桶，从河边捡来半桶拳头大小的石头回到公路上，拉开架势"啪啪"地向核桃树开了火。炸开的核桃顿时"哗哗"淌了一地。女子赶过去："嗨！你是干啥的？"那青年好像全然没有听见，继续向核桃树开火。

女子走近几步又大声道："嗨！不准打核桃！"

那青年这才住了手，慢腾腾地转过身来。当他们各自的目光相遇时，都突然怔住了！他俩的目光互不相让地对视了足有数秒钟后，青年才悻悻地说："噢，原来是你！"

"你这是干啥？"女子指着地下的核桃问。

青年："怎么，老同学相见，还不兴打几个核桃送个人情？"

女子："队里的核桃，一个也不能动，已经打下的一颗两毛钱，我是队里的看护员。"

青年："你也太皮薄了吧，多年不见的老同学，连两个烂核桃都不准吃！"

女子："那好，到村里，我家有核桃请你吃个够。这路上的核桃请你捡起来送到队里。"

青年："你，你也太欺负人了！"

女子："啥子欺负人，这是队里的规定。"

青年铁青着脸："哼，规定！薛凡，你别傻了，思想这么好，还不是蹲在家里捏锄把。哈哈！可惜的是薛青山再也没法还阳了！"

"你，你这是啥意思？"名叫薛凡的女子刚想上前揪住他讲理，那青年却钻进小车"呜"的一声溜走了。薛凡淌着眼泪，像木头人似的在公路边呆呆地站着……

薛青山是薛凡的爸爸，他离开人世已经一年多了。生前曾任兰州部队某团政委，后来转业到陇东油田工作。刚才那青年名叫王殿刚，是薛凡中学时的同学，他的父亲王青云曾和薛凡的爸爸一起共事。王殿刚最后一句话的意思是，你当官的爸爸死了，你再也沾不上光了。

公路上，薛凡在沉思，在漫步，脸上挂着晶莹的泪珠。

一

秋天的甘南，草原上羊群滚动，马群奔驰，草丛里格桑花盛开，天空中挂着一层薄薄的白云，太阳时而从云缝中闪出。在甘南某城镇一座军营里，墙壁上到处张贴着城镇居民下乡务农的标语，操场上战士们正在拼刺投弹，紧张操练。

晚上，部队营房里一个有"两老三小"的五口之家，房子里有写字台等几样简单的家具，桌子上有一台收音机和一架闹钟。卧室的床上是军用被褥，显得简朴而洁净。床上，薛凡的弟弟、妹妹已经睡着。薛凡在隔壁的套间里复习功课，床边坐着薛凡父母，正在商谈着什么。

薛青山对薛凡妈说："老家山清水秀，气候温暖，回去参加一些劳动，也叫这些在糖水里泡大的娃娃受一些磨炼。"

听着他的话，薛凡妈却低着头哭了。隔壁复习功课的薛凡不时担心地伸头探视。

薛青山："我是个怪人，无论走到京都闹市，天涯海角，总忘不掉自己的老家。人家说甘肃人离不开自己的老窝，这是真的。"

薛凡妈流着泪："就你积极，人家都没动你硬逼着我们走。老家的那个苦，你还嫌我没有受够？"

薛青山："谁叫我当这个领导来，当领导不带头还算个啥领导！"他叫着薛凡妈的奶名说："银花，你可不能忘本。如今能过上好时光，是多少人为此流了血，搭了命啊！现在的河口村，可不是从前的河口村，你多年没有回去了，你回去看看，看是啥样子……"

最后还是薛青山把薛凡妈说服了。几天后，部队的汽车直接把薛凡他们送回了老家河口村。

二

嘉陵江边的一座小镇里，坐落着一所白墙瓦屋的学校。初一班的教室里，同学们在上自习，教室正中第三排并坐着两位女同学，左边的叫黄小玲，右边的是薛凡。

黄小玲从书包里拿出一包花生糖，硬让薛凡吃。她俩吃着糖，黄小玲对薛凡说："这糖是爸爸从西安给我带回来的。凡凡你去过西安吧，西安可热闹啦……哎，凡凡，你爸是干啥的？"

薛凡："我爸爸在部队上，他是团里的政委。"

黄小玲："呵，解放军的团政委，那官可大呀！他肯定经常给你买好吃的吧？"

薛凡红着脸言不由衷："嗯。"

实际上从她记事的时候起，爸爸很少给他们姊妹买好吃的东西。他常说：娃娃不能太惯，惯儿不孝，惯狗上灶。说他吝惜吧，每次回家他都要记着给村上和他一起剿过匪的王五爷买两斤好茶叶带回来。

三

一个星期天的下午，在学校大门口，薛凡背着一袋面粉，提着书包碰上蹦蹦跳跳的黄小玲。黄小玲惊讶地问："咋，你爸当那样大的官还吃农村粮？"

薛凡没好气地说："咋呐，当了官就不吃农村粮呐！"

黄小玲要帮薛凡提东西，薛凡生气地推开她走在前头。黄小玲赶到宿舍给薛凡倒水，薛凡也不喝。自尊心很强的薛凡第一次跟好朋友黄小玲生气了。

又一个星期天，薛凡回到河口村的家——一座旧瓦房。房虽然很旧，却收拾得整齐干净。薛凡进门时，薛凡妈正在桶里拌猪食。薛凡一放下书包，便给妈妈诉苦说："你看吃农村粮多麻烦，离学校二十多里路，还得自己背面背菜。"

薛凡妈："我有啥法，都是你爸那老实疙瘩干的好事！跟我说没用，有本事给你爸写信说。"

薛凡撒娇地说："当然写，你怕他，我不怕。"

"死凡凡！"薛凡妈佯怒，操起猪食棍打女儿，薛凡轻盈地跑出门外。

但是她始终也没有给爸爸写信说，她知道写信也是白搭。

四

阳春三月，正是陇南桃红柳绿的时节。

中午时分，一辆长途汽车徐徐驶来，停在了河口村前的公路上，薛青山身着一身崭新的绿军装，提着一个帆布提包下了车。他神采奕奕，鲜红的领章、帽徽在阳光映照下，耀眼夺目。他向司机和旅客频频招手。汽车远去后，他才回头向村里走去。渐近家门，正在院子里跳皮筋的薛凡的弟弟、妹妹，看见薛青山高兴地嚷道："爸爸回来了！爸爸回来了！"并抢着跑过来帮薛青山提东西。

听见喊声，薛凡妈迎出门外，接过娃娃手中的提包。接着进屋为老薛打水洗脸，倒水泡茶。

薛青山落座后，薛凡妈问："听凡凡讲，你不是来信说，最近工作很忙吗，咋又顾得上回家。"

薛青山："我怕人说，这家伙只顾在外当官，记不起在屋里劳苦功高的夫人你啊！"

薛凡妈："你呀！老没正经。"她羞涩地打了老薛一掌。

五

下午，薛青山提着一包礼品，去看望老班长——五保户王五。一间破旧的瓦房里，当屋支着一口小锅。年过六旬腿有点拐的王五，正在生火做饭，柴湿火不燃，满屋黑烟缭绕。靠窗的一条土炕上，只有一张破席，一条旧毯子。破屋的土墙前后裂开了几道缝子，透亮透风。薛青山见此情景，心情显得难过而沉重。

听见有人进屋，蹲在灶前生火的王五，抬起被烟熏得红肿的眼睛，细细打量着眼前的军人。

薛青山："五叔，是我。"

王五："噢，是青山回来了！"他忙起身到炕边摸到旱烟锅，给薛青山装烟。薛青山接过烟锅坐在炕边抽烟。

薛青山："五叔，你这破屋不收拾一下，刮风下雨咋办，冬上咋过？"

王五："哎，说来话长，一言难尽呐！寻了队长没回数，人家总是说生产忙，顾不上。前年拖到去年，去年拖到今年，破房还是破房！队长陈刚背后还说，老鬼屁用处没有，麻烦事还怪多。哎，人老了，没用了，活在世上多余了。"王五说到此处潸然泪下。

"岂有此理！"薛青山将烟锅朝炕上一扔，转身出了门。

王五流着泪赶到门边叫道："青山，你，你不再坐会儿了？"

薛青山："五叔，你先做饭，我改日再来。"

六

河口村中央一座三合院的新瓦房里，正房堂屋里队长陈刚一家正在吃晚饭。这是一家殷实富有的农户。堂屋正中的枣红色柜桌上，摆着一台式样新颖的红灯牌收音机和日历闹钟。隔壁的套间里是一色三开的大衣柜、五斗橱、写字台等新式家具。大人小孩穿着都很讲究。

薛青山来到陈家门口，正在吃饭的陈刚，从饭桌旁起身热情地招呼薛青山："哟！薛哥几时回来的？坐，快坐！"并拿来了带咀的兰州烟。

薛青山在饭桌旁就座后，没有接烟。他从上衣袋里掏出一沓十元的人民币放在饭桌上："这是三百元，请你马上给五哥翻修房子！"

陈刚故作惊讶："这，这咋行，队里有钱啊！这钱，你不是也准备翻修房子吗？"

薛青山："你不必推辞，看看五哥的房子就知道了。队里有钱，王五没钱。"

薛青山起身出门，陈刚一家殷勤地挽留，但薛青山还是走了。背后传来陈刚一家的辱骂声：

"薛青山还真个是太平洋的警察——管得宽！"

"他那是下雨天出太阳——假晴。"

"哼，他一家回来也不过是装装样子，出出风头，迟早还得走！"

听到此话，薛青山怔怔立了片刻。

七

晚上，在明亮的电灯下，薛青山一家围着陇南特有的柴火炉，嗑着葵花子。薛青山对女儿薛凡说："凡凡，你马上就高中毕业了，毕业了你干点啥啊？"

薛凡不假思索地说："你让干啥就干啥！"

薛青山："呵！这么干脆，那好，我看你毕业了就在家里修地球。"

薛凡："当农民？不！人家还有人家的理想呢！"

薛青山："哈哈！怎么说话不算数？当农民有啥不好？没有农民来种田，哪有碗里五谷香。"点上一支烟，薛青山接着说："凡凡，听话吧，你是干部子女，又是共青团员，应该在艰苦的地方。另外，你妈在家也需要个帮手。当然，这得你自己下决心……"

谈判就这样结束了，薛凡虽然没有明确表态，但在行动上还是服从了。因为他们姊妹是很听父母话的。高中毕业的第二天，她就上了"农业大学"。

夏天，在一望无垠的麦田里，薛凡和社员们一起收割小麦，顶着烈日，挥汗如雨。

秋天，在果实累累的苹果园里，薛凡和几位社员正在收摘苹果，笑声朗朗，欢乐满园。

冬天，在一片洁白晶莹的雪野里，薛凡推着一辆架子车，和社员们一起平整土地，来回推车，穿梭如飞。

八

清晨，一个北风呼号的雾蒙蒙的天气。

薛凡家中，薛凡的卧室里，放着一张床，一张写字台，显得简朴而洁净。病中的薛凡靠着被子披衣坐在床上，手中展开几页薄薄的信纸，眼盯着窗外那雾蒙蒙的天空，呆呆地遐想。床头上放着几封已拆开的和没有拆开的平信。寄信地址有：天水、兰州、北京等字样。往事犹

在眼前:

毕业前夕的校园里,同学们三个一堆,五个一伙,在预测着前途,谈论着理想。薛凡和好友黄小玲,还有另外一个女同学,漫步在操场边上的一丛冬青旁。

薛凡:"我最爱好的还是文学,我想上中文系。"

黄小玲:"我看还是当一名医生的好,你没有听人家说,现在社会上听诊器、方向盘、劳资干部营业员最吃得开嘛!"

另一女同学自卑地说:"你们都有一个好爸爸,你们都有前途,唯有我这普通百姓的女儿什么都想,什么都不想。前途对我来说像挂在天上的星星,是十分渺茫的。"

薛凡安慰她:"你不要太悲观,路是人走出来的,前途是自己创造的……"

命运最会戏弄人呐!和薛凡一起毕业的同学大多当了工人,有的上了大学,连她同情安慰过的那位"普通百姓"的女儿,也有了工作,而她还在"修地球"。黄小玲上了北京医学院,她多次给薛凡写信说:

"凡凡,赶快飞出来吧!难道你真打算在农村蹲一辈子?凡凡,不要再等待了,青春年华,一个人能有几回,干啥都是革命,难道只有当农民才算革命?"小玲的信来一次,薛凡的心眼便活动一次。最后,她决定给爸爸写信进行交涉。美好的生活谁不向往啊!

九

隆冬,一个难得的好天气,晴空万里,红日高悬。太阳照得山峦远处的白雪,闪闪烁烁、刺人眼目。

这时,一位身着绿色制服的乡邮员,骑着绿色的自行车,来到薛凡家门前叫道:"喂,小薛,有信了!"

正在吃饭的薛凡端着碗从屋里蹦出来,接过信招呼乡邮员:"屋里坐会儿吧!"

乡邮员:"不了,今天还要跑三个大队呢!"说着跨车去了别家。

信是薛青山寄来的。薛凡以为是爸爸对她要求工作的复信，她进屋放下碗，顾不得吃饭，急忙拆信，信中告知的却原来是薛青山患病在兰州住院的消息。

薛凡妈吃着饭问："信上写的啥？"

薛凡："爸爸说，他已转业到陇东的一个油田水电厂工作，最近有病在兰州住院。"

薛凡妈："啥病，病情咋样啊？"

薛凡："爸爸说是一般的胃病，叫我们不要担心。"

薛凡妈沉吟了片刻说："凡凡，你还是请几天假去看看吧，他得个平常病是从来不住院的啊！"

薛凡冲妈狡黠地笑笑："嗯，我正等着呐！"

十

隆冬的兰州，天气冷得出奇。狂风刮得天昏地暗，大雪铺天盖地而来。

兰州火车站，薛凡背着一个人造革皮包走出检票口。风雪打得她睁不开眼，迈不开步。她只好坐进一辆出租的三轮汽车，直达市区的某家医院。

到达医院，传达室一位老同志指引薛凡走进爸爸的病房。这是一间单人病房，有软卧沙发和盆景等摆设，显得幽雅而恬静。此时，薛青山正靠着被子，半躺在床上看报。人瘦得皮包骨头，脸色很难看，只是精神还好。薛凡呆呆望了片刻，才走近床前轻声唤道："爸爸！"

薛青山抬起头："凡凡！你怎么来了？"

薛凡："妈叫我来看看你啊，看你瘦成啥样子了！"

薛青山："不要紧，主要是胃疼得厉害，吃不上饭，你妈身体最近咋样？"

薛凡："妈的身体好着呢，连个头疼脑热的病也没害过。"

薛青山："你王五爷的日子今年过得咋样啊？"

薛凡："五爷的日子好着呢，现在村里大黄当队长，他可是个好人哪！月月按时给五爷把面磨好送到屋里。下了雨，路滑，他亲自去给五爷担水。"

听着薛凡的话语，薛青山脸上洋溢着欣慰的笑容。

薛青山深情地望着女儿说："凡凡，爸爸对不起你。你是老大，安排你工作，国家也有政策，是完全应该的。但目前相当一些人看不起农民，只要有机会千方百计都想脱离农村。如此下去，谁去当农民？粮食从哪里来，让你当农民，从小处看，是爸爸要和王青云那样的人争一口气，从大处看，你肩负着党对青年一代寄予的历史重托啊！"

不知啥时进门的通信员李红，看着眼前的情景，听着薛家父女的此番话语，感动得流下了热泪。

病床边，薛凡久久地沉思着……

十一

几天后，一辆小吉普载着薛凡和李红，驶出医院，穿过市区，直达兰州车站。

站台上，李红在陪薛凡漫步等车。

火车启动了，薛凡和李红相互频频招手致意告别。

遵照爸爸的嘱咐，薛凡在兰州只住了五天，便返回了河口村。

十二

时隔数月之后，又是陇南春暖花开的时节。

一个风和日丽的天气，薛凡正坐在院子里一株鲜花盛开的桃树下看报。正在这时，还是那位身着绿色制服的乡邮员，骑着绿色自行车"飞"到了薛家门前。他急呼呼地叫道："小薛，电报！"

薛凡起身接过电报，这是一封兰州来的加急电报，电文是："薛书记病危！"

正在做饭的薛凡妈听见喊声，沾着两手面跑过来问道："啥事？"

薛凡："电报说爸爸病危！"

薛凡妈猛然一怔，脸上浮起了阴云，说："凡凡，赶紧收拾，下午咱娘俩动身上兰州。"

乡邮员在一旁搭腔："对！赶紧收拾，下午七点的火车还能赶得上。"

薛凡妈托邻居照看门户，薛凡进屋急急地收拾行装。

沿着江边一条蜿蜒的山道，薛凡母女急急赶路。

下午七点，在嘉陵江边的一个小火车站，薛凡母女登上了"成都—兰州"的直快客车。

列车在风驰电掣地前进，薛凡母女焦急的眼光，呆呆地目视着车窗外……

十三

次日中午十二点，列车到达兰州车站。通信员李红在站台上正等着薛凡母女。她们下了车，李红表情异样地迎上去，他有点前言不搭后语："薛姨，小凡，你们知道，你们，你们来得这么快……"

薛凡母女脸色阴郁，大有不祥之感。

出了检票口，李红招呼薛凡母女坐上一辆小车。在坐车去医院的路上，薛凡急急地问："李红，我爸爸的病情咋样？"

李红："薛书记得的是胃，胃癌！他不让我和医生将实情告知你们母女，叫我当作一项纪律来遵守。医生说他……"

薛凡："说他咋呐？"

李红："说他顶多熬不过三天。"

这消息好似晴天霹雳，轰的一声把薛凡母女惊呆了，薛凡母女顿觉天旋地转，眼前一片漆黑……

然而，更坏的情况发生了。等薛凡母女赶到医院，薛青山已经停止了呼吸。护士正将一块白布盖在遗体上。一见爸爸的遗体，薛凡发疯般地扑了过去！薛凡妈恸哭失声，昏倒在地……

十四

这是一个阴沉沉的天气。兰州车站的一列火车上，李红和薛凡母女正在话别。薛凡母女神情忧郁悲痛。

李红真挚地对薛凡母女劝道："薛姨、小凡，你们放宽心，我相信党不会忘记你们。天阴总有天晴的时候。"稍顿，他又红着脸说："还有我，也不会忘记你们，忘记薛书记的为人！我一定会常来看你们的。"

薛凡妈忧郁感激的目光。

薛凡忧郁羞涩的目光。

"呜！"列车一声长鸣，徐徐启动了，李红才急忙跳下车。

列车上，薛凡母女将头伸出窗外，脸上挂着晶莹的泪珠和站台上送行的李红及一位老军人相互招手告别。

列车渐渐地远去了，站台上的人影也模糊了。

在李红和薛青山的一些老战友的帮助下，草草料理完老薛的后事，薛凡母女便离开了兰州。薛青山留给她们母女的遗物，除一些简单的行李和准备翻修房子的五百元存款外，就是在他临终前由通信员李红代写的一封遗书。

银花妻及薛凡女：

……人生自古谁无死，我也没啥可留恋的，唯一遗憾的是再也不能为党为人民工作了。

银花，我对不起你，跟我一辈子你享福少，受苦多，给儿女我也没留下什么。

凡凡，今后全家生活的重担将落在你妈和你的肩上了，你是老大，你要听话，要安心务农多吃苦，替妈分担忧愁，你还年轻，要有革命志向，为党为人民多做有益的事。凡凡记住，在任何时候，任何情况下，绝对不允许打着我的旗号，向党和人民讨价还价，否则，我在九泉之下也难以瞑目。

尾　声

数日后的清晨，天气晴朗，阳光明媚。

薛凡仍旧坐在离村不远的那株大核桃树下的石头上看书。正在这时候，公路上迎面骑来一辆自行车，车子上的小伙子盯着薛凡慢慢刹了车，他是李红。

李红："小凡！"

薛凡抬头惊喜道："呵！李红，想不到啊！"

李红调皮道："小凡，你是真想不到，还是假想不到？"

薛凡："我真想不到。"

李红："你应该想到的。"

薛凡："为什么？"

李红："因为我是个男子汉，还能说话不算数！"

薛凡接过自行车："走，快到家吧。"李红跟着薛凡朝村里走去。

李红："我还担心摸不着你家的门呢！"

薛凡："我不是专在这儿等你嘛！"

李红："是真等，还是假等。"

薛凡："真等！"

李红故意道："假等！"

薛凡："真等！"

李红："哈哈！小凡真是个好心的姑娘。"

薛凡脸上飞过一片红晕，羞涩地伸手打了李红一拳："你真坏！"

薛凡的家，三间瓦房已翻修一新，还垒起围墙。整洁的院落里，有一个用竹子编成篱笆的小菜园。园中有红红的辣椒，红红的西红柿。篱笆边有一丛月月红开得正艳。

薛凡一进院子便高兴地叫道："妈，来客人了！"

薛凡妈出门见李红："小李，你真是稀客呀！"

李红："薛姨，你好吧！"

薛凡妈："好着嘿！好着嘿！"她手忙脚乱地帮李红把行装拿进屋，又忙着倒水泡茶。

薛凡将自行车推进屋里，薛凡妈看见自行车不解地问："小李，这远的路，你咋骑自行车来了？"

听妈问，薛凡也不觉怔住了。

李红："坐啥车，三十里路骑车子不觉也就到了。"

薛凡妈："啥子三十里？"她越加不解。

李红："薛姨，我已调到你们县上了！"

薛凡："真的？"

李红："还能有假！"

薛凡妈："小李，大地方住惯了，到这山沟里你能成，你不后悔？"

李红："悔者不来，来者不悔！"

薛凡故意激将："同志，话不要说死，要留有余地。"

李红："小凡，你把我看成啥人了！时间会说明一切。你考验我吧！"

薛凡转过脸偷偷地笑了……

下午，阳光灿烂。村庄对面小河南岸的"龙洞"瀑布下，薛凡陪李红在戏水。

在一处秀丽的山崖下，李红举着相机给薛凡摄影。

在一处山花烂漫的草坡上，薛凡和李红嬉笑着采摘野花。

夕阳西下，天边一片红霞。清清的小河旁，薛凡、李红在漫步，在谈心……

原载《开拓文学》

真情像春水流过

真情像草原广阔，真情像梅花开过，真情像一江春水流过陕甘川……

2010年8月，在甘南舟曲的抢险救灾现场，在无数忙碌的志愿者人群中，有一位年过花甲的老人，头发花白，身体瘦小，手有残疾。瘦削的身体上罩着一件宽大的白衬衫，脚着一双解放鞋，典型的农人装束。平凡得不能再平凡，普通得不能再普通。然而，他的心胸却犹如黄河、长江一样，悠远博大，浩浩荡荡，能装下舟曲，能装下汶川，能装下整个中国。如此评价这位老人一点也不言过其实。

舟曲遭受特大暴洪泥石流灾害，整个村镇、街道在瞬间被泥石流淹埋；无数鲜活的生命在瞬间被洪魔吞噬……灾难牵扯着全国人民的心，也牵扯着大山深处一位花甲老人的心。8月8日早晨，在舟曲遭灾后的第一时间他从邮局为灾区汇出捐款1000元。他也是两当县第一个为舟曲灾区捐款的人。接着他又从两当乘车去宝鸡，从宝鸡至兰州，再从兰州至舟曲。耗时30余小时，辗转1000多公里来到舟曲灾区充当一名志愿者。也许，他就是舟曲年龄最大的志愿者；也许，他就是舟曲最平凡的志愿者。当有人问他为什么要这样做时，他回答说："我经历过苦难，我知道人在困难时都需要帮助。"他的话质朴、简单，他不会说豪言壮语。这位看似平凡的老人，他的惊人之举后面还有哪些不为人知的故事呢？

老人不是党员，不是干部，更不是什么英雄模范。他只是两当县站儿巷镇三联村一个面朝黄土背朝天的农民。他叫周进喜，年已65岁。一家7口，两个残疾。种着几亩山地，勉强维持温饱。家中除了5间土木结构的瓦房，最值钱的东西就是一台 17 英寸的电视机，经济上还很困难。但周进喜是个知恩图报的人，用乡亲们的话说是个有情有义的人。自己再困难，当别人有危难时也要倾力相助。

2008 年 "5·12" 汶川大地震，令人记忆犹新。

"5·12" 大地震时，周进喜坐在电视机前眼泪不断，或许他从未经见过这样毁灭性的灾难——村庄、城镇瞬间被夷为平地，无数生命被淹埋消失。那惨烈的场景使他的心颤栗、滴血。日夜奋战在抗震救灾现场的武警、解放军官兵和来自四面八方的志愿者，他们奋不顾身的献身精神又深深地感动着他。他也想当一名志愿者，但交通中断，无法成行。5 月 18 日晚，正在生病输液的周进喜从电视里看到地震使宝成铁路 109 隧道塌方，造成西北入蜀的生命线中断，抢险救灾物资难以运往灾区，而解放军战士为抢修宝成铁路没日没夜地苦干，有的小战士累倒在施工现场，他禁不住热泪盈眶。他决心为 109 隧道的抢险救灾尽一份心意。

第二天一大早，周进喜沿着他曾经无数次走过的山路，急匆匆地向镇上赶去，15 里的山路仅走了一个小时。他到信用社贷款 1000 元，又拿出儿子平时省吃俭用积攒的 239.2 元零花钱。5 月 20 日，周进喜起得很早，怀揣 1239.2 元现金，带着干粮、手电，翻山越岭，钻隧道，走轨道，沿宝成铁路徒步 20 多公里到达 109 隧道施工现场。看到周进喜风尘仆仆、汗流满面的样子，指挥部的工作人员热情地为他端来饭菜，并表示钱不能收。周进喜急了："小时候共产党员救过我的命，现在党和国家遭难了，我不能袖手旁观。我的日子还能过，你们不收我的钱，我就不喝水，不吃饭，不回家。"望着老汉捧出的一堆毛票和急得哆嗦的嘴唇，在场的人无不动容。直到指挥部的工作人员收下他的捐款并打了收据时，他的脸上才有了笑容。

周进喜曾多次对采访他的记者感言道："共产党是我的救命恩人！现在我们家之所以人丁兴旺，多亏了共产党！我都六十好几的人了，捐钱的目的，一不是图名，二不是图利。我是想感谢共产党。虽然我不是一个党员，捐的钱也不多，但是看着抢修铁路的兵娃子这样劳累，能让兵娃子买瓶水喝，也是我的一点心意。"

　　周进喜一个普普通通的农民，一个至今还未摆脱贫困的农民，他知恩图报的义举就像那悠远浩荡、奔腾不息的长江、黄河一样，一路感动着舟曲，感动着汶川，感动着陕甘川三省许许多多的人。这就是农民，一个中国农民最真挚、最朴实的情怀。

原载《陇南日报》

第四辑
时代风采

　　我爱故乡的山，故乡的水，我也热爱伟大祖国的
每一寸土地，以及那些土地上的人和事。

故道天堑变通途

——两当县县乡公路建设纪实

　　"蜀道难,难于上青天",是诗圣李白写在徽县青泥岭的诗句,形容当时入川古道行路难的艰难状况。李白不单是写给青泥岭的,也是写给两当的。行路难,难于上青天,也是当时两当境内整个交通状况的真实写照,而且这种状况一直持续了数千年,直到20世纪70年代初才略有改观。今天虽然已经实现了公路交通的网络化、现代化,但是我们对昔日两当行路难,难于上青天的历史现实至今也难以忘怀。

　　古代的两当是通陕入川的交通枢纽,战略要地。由关中入川的陈仓古道的分支栈道就经过两当南部的云屏、广金一带,因此,两当在汉代又称故道县。陈仓古道穿崇山峻岭,越急流深涧,多以栈道通行。据《史记·高祖本纪》记载:汉刘邦当年退出咸阳入汉中时,走的就是两当南部的这条古栈道。汉代以后虽然在两当境内辟有官道,也仅仅是从凤县县城经杨店到两当县城的区区几十公里,可以乘马而行。主要交通还是靠南北中轴线两端的出境古道通行。两当多山,尤其是南北两端的出境古道都处在深山密林中。自两当县城往北经太阳寺进入西秦岭的绵绵群山中,是古代由川陕北上天水、兰州的商贸通道,时至今日在那重重叠叠的大山中,车行百里也难觅一户人烟。经两当南部至汉中、四川的陈仓古道也是在秦岭南坡的"十万大山"中缠绕,时而穿过急流险滩,时而攀越悬崖峭壁。恶劣的自然环境更加剧了古代交通的艰难险阻。当时从两当南部至汉中的400里栈道山路最快也要走五天,负重而行就更待时日了。记得过去从云屏到县城，听起来只有 90 里的山路，却是天不明起程上路，紧走快赶到县城时，也已是日落西山了。城里人不要说走，光听一听那沿途"上天梯""手扒崖""一线天"的地名都头皮发麻。那时从县城到太阳寺的 70 里山路也全部缠山绕水而行，人称"七十二道脚不干"，几乎每走不到一里路就得脱鞋过河。在太阳寺还流传着这样一个故事：民国初年，太阳寺有一位经常往来于上海贩卖党参的药材老板，认识并钟情于一位上海女子，欲娶回太阳寺为妻。人家问他太阳寺远不远，他说不远，坐火车也不过三天两夜就到了。在药材老板甜言蜜语的哄劝下，这位上海姑娘跟着他坐火车到了西安。到西安下了火车却无车可坐，只能坐马车。进入两当境内连马车也不能走了，只好骑毛驴。到太阳寺后有的地方连毛驴也骑不成了，而离家还有 20 里山路怎么办，这时上海姑娘悔之已晚矣。最后药材老板只得背着姑娘回了家。这个故事的真实性现已无从考证，但至少说明了当时两当交通状况的艰难和不易。

1936 年，国民党政府由于军事上的需要修筑了华双公路，途经两当 31.5 公里。两当历史上有了第一条正式公路。但那时有路无车，两当"行路难，难于上青天"的交通状况并没有得到丝毫改变。直到新中国成立后，在共产党的领导下，两当的交通状况才有望得到彻底改变。1954 年至 1956 年国家在修建宝成铁路的过程中，修建了自华双公路两河口至西坡茨坝的专用公路，全长 13 公里，为两当县的第二条正式公路。

1965 年 10 月，云屏公社党委为解放生产力，方便群众出行，在县上的支持下，决定采取民办公助的形式修筑站云公路（站儿巷至云屏）。当时在公社干部内部阻力很大，有人说在悬崖峭壁上修公路，没有机器，没有国家支援，是提上碌磕打月亮——掂不来轻重。公社的凌书记说路是云屏的希望，没有路什么事也干不成。就是有天大的困难，公路非修不可！凌书记是那种雷厉风行，说到做到的人。1965 年秋收后，全社动员了 1000 多名劳力开上了筑路工地。凌书记带着公社干部和民工们一起住茅棚，睡草铺，吃大灶，抡大锤，除去县上开会，整个冬天都没有离开过筑路工地。到 1966 年 12 月，全社共投入 35000 多个劳动力，移动土石数百万立方米，全长 20 公里的站云公路终于竣工了。这也是两当县自力更生修筑的第一条县乡公路。虽然当时仍然是有公路无汽车，但群众用上了人力车，云屏人彻底告别了几千年来货物运输靠人背畜驮的历史。

20世纪70年代初，两当县掀起了第二次县乡公路建设的高潮。时任县委书记提出积极改变全县落后的交通状况，彻底解放生产力，发展农村集体经济的工作思路。1970年至1972年在县委书记焦绪岐主持下，全县利用三个冬天，全民总动员（包括县乡机关干部），进行公路建设大会战。各个会战工地红旗如林，人流如潮，炮声隆隆，热火朝天，展开了一场壮举空前的劈山筑路的人民战争。以站儿巷公社为主，城关、鱼池公社配合会战两太路（两当至太阳）；以显龙公社为主，鱼池公社配合会战田显路（田坝至显龙）；以云屏、广金公社为主会战云广路（云屏至广金）；以兴化公社为主会战红兴路（红土沟至兴化）；以西坡、泰山公社为主会战西泰路（西坡至泰山）；以杨店、左家公社为主，会战杨左路（杨店至左家）。至1972年12月，全县以民办公助的形式共修筑县乡简易公路7条，总长约177.3公里，投劳20多万个，实现了全县公路交通的东西联通和南北主动脉的大贯通。全县13个公社，社社通了汽车，基本改变了两当数千年来行路难的历史状况，极大地改善了群众生活，解放了农村生产力，促进了全县农村经济的繁荣和发展。还记得四十多年前云广公路通车典礼的那一天，看见第一次开进深山的汽车和铁牛，当地的几位老人说："这也太神了，这些铁家伙不吃不喝，还能自己跑！"公路和汽车，对于被大山封闭了几千年的两当人来说，确实是一个破天荒的大转折，不能不说是一次伟大的历史性飞跃！在这一伟大的历史进程中，时任县委书记焦绪岐是我们应该记住的人物。

当历史走进21世纪的门槛时，县乡农村公路建设进入到一个全面升级改造、晋级等提质跨越式发展的新时期。县委、县政府和县交通主管部门抢抓"秦巴山区特困片区县"和"全省扶贫攻坚试点县"的历史机遇，树立"经济发展，交通先行"的理念，精心谋划，锐意创新，攻艰克难，实打实干，强力推进农村公路建设。按照"一纵三横，四通八达"的丰字形路网建设规划，公路建设围绕全县经济社会发展的大局，围绕"美丽两当，红色福地"的建设亮点，路网布局设计以改善群众基本出行条件为重点，兼顾工业发展、特色产业开发，红色旅游、生态旅游等方面。努力推动基本公共交通服务向贫困乡村延伸，向重点产业延伸，向旅游景点延伸，进一步提升全县农村公路的道路等级、服务质量、联网密度。

2000年以来，全县立项修筑了全长33公里的田西公路（田坝子至西坡乡），全长30公里的姚张公路（杨店姚庄口至张家乡），全长20公里的站西公路（站儿巷至西坡乡），拓宽改造了全长20公里的两温战备公路（两河口至凤县温江寺），立项修筑了太党战备公路（太阳寺至天水党川乡），立项改造了县城至太阳寺"两当兵变"改编地的红色旅游路，新修了云屏至黄疙瘩高山草甸的生态旅游路。2011年至2013年，全县争取到国家大小交通项目67项，累计资金4.1亿元，实际到位资金3.19亿元。对修筑的所有县乡公路进行了全面的升级改造，铺油硬化，并实施了村村通工程，修筑村道15条，600余公里。截至2013年底，全县共计新修和改造农村公路900公里，其中县道117公里，乡道55公里，专道31公里，村道697公里。县乡四级以上公路通车率达100%，行政村通车率达100%，村道水泥硬化率达75.9%。真正实现了全县"一纵三横，四通八达"的丰字形交通网络。农村公路网络的建成，有力地推动了全县经济社会的全面快速发展。

2013年10月，由甘肃省委、省政府主办的"两当兵变"81周年纪念活动，在两当县城和太阳寺兵变改编地同时举行。中央有关部门和兄弟省市领导以及专家学者数百名嘉宾莅临，相聚在"美丽两当，红色福地"。2014年10月，由甘肃省委宣传部和陇南市委、市政府主办的陕甘川"西部民歌邀请赛"在云屏三峡风景区高山草甸隆重举行。远方的客人和各位朋友再次相约相聚在如诗如画的美丽两当。"美丽两当，红色福地"的美名已在全国传播开来，远方的游人蜂拥而至。这一切都和两当交通状况的改善，现代交通网络的建成密不可分。两当交通在两当经济社会发展中正在发挥着不可估量的作用。

愚公架彩虹，天堑变通途。放眼今天的两当大地，路网如织，四通八达。一条条纵横交错，宽阔平坦的柏油路、水泥路，串联着工业园区、产业基地、旅游景点和一座座漂亮的民居，构成了美丽乡村一道道亮丽的风景。两当行路难，难于上青天的历史一去不复返了。

"江山如此多娇，风景这边独好。"

四川的春天

在天府之国的四川，春天的脚步不知为何赶得这么急，当北国还是冰封雪飘的时候，这里却早已春意盎然，万紫千红。冬天似乎压根儿就没有到过这里。

宽窄巷之春

不知不觉间，春姑的丹青妙手把蓉城的大街小巷打扮得繁花似锦。"宽窄巷"，蓉城的历史文化名片，此时春潮涌动，热闹非常。梅花红了，茶花开了，海棠赶着争春来。铁树青青，倒柳吐翠，各种花卉竞相绽放，争奇斗艳，春光烂漫。

天南地北的游人带着过年的喜气，踩着春天的脚步，如浪潮般涌进"宽窄巷"。人挨人，人挤人，十里长街人似海，然而，游人前呼后拥，乐此不疲，为的是触摸一下蓉城的历史文化痕迹，体验一把蓉城人的慢生活，哪怕是看一眼明清时的古井，看一场古老的皮影戏，听一段"老成都"摆的龙门阵，瞧一瞧川妹子绣蜀锦。或者进"宽居"吃一碗风味独特的肥肠粉，去"点醉"喝一杯红酒或咖啡，在"磨坊"喝一碗醇香四溢的盖碗茶。最后再拜一拜开拓古蜀国的先贤圣祖"望帝"和"丛帝"。至此，蓉城的民俗文化就大致都领略到了，到蓉城一回也就不虚此行了。在体验和享受"宽窄巷"文化休闲慢生活的过程中，时光也仿佛停住不动了。那种惬意和优雅胜似闲庭信步，醉在仙界人间。

自贡的红梅

过了立春的节气，北方的风依然寒透肌肤，而川蜀的风像春姑绵软的玉手，紧贴着人的脸颊轻轻地滑过，柔柔的、暖暖的，一股暖意直透心扉。

自贡、泸州的蜡梅花几乎在一夜之间就开了。这是真正开在腊月的蜡梅花。她在三九时就开始含苞孕蕾，至春节到来时已是姹紫嫣红花烂漫。这里的梅花多是成堆成片栽植，多是血红的颜色。一树树血红血红的梅花，酷似一树树鲜血染红的珍珠玛瑙。微风吹来，树枝上那血红的花朵随风摇曳，红潮涌动，此起彼伏。远看，那分明就是一片红色的海洋，气势映红云天。这披霜傲雪的蜀中红梅，湮没了流失的岁月，染红了尘世的斑驳，也将感动和伟大打印在历史的瞬间。此时此刻，我想起一个人来，她就是江姐。

江姐，原名江竹筠，四川省自贡市大山铺镇江家湾村人。她于1939年参加中国共产党，负责中共重庆市委地下刊物《挺进报》的出版发行工作。后来，她的丈夫、川东地下党负责人彭咏梧在战斗中牺牲，她又接替丈夫彭咏梧负责川东地下党的领导工作。1948年6月由于叛徒出卖，江姐在万县被捕，关押于重庆中美合作所渣滓洞监狱。她受尽敌人酷刑而宁死不屈，于1949年11月重庆解放前夕，被军统特务秘密杀害，时年29岁。解放重庆后，渣滓洞监狱幸存者罗广斌、杨益言根据江姐、许云峰等先烈的原型创作了小说《红岩》。后又根据《红岩》创演了歌剧《江姐》。可以说江姐为了党和人民的利益宁死不屈，勇于牺牲的革命精神影响了中国几代人的人生观。直到今天，仍然是对青少年进行革命英雄主义教育的极好教材。此刻，我仿佛觉得这川蜀大地上傲雪怒放的红梅，就是江姐的化身。看，她穿着一身天蓝色的旗袍，戴着镣铐，昂首挺胸，面带微笑，从容不迫，正从红梅花海中款款走来……

广元油菜花

广元、绵阳的油菜花开了。那一块块金黄金黄的油菜花，多像一匹匹铺开在大地上的黄色锦缎。黄色的油菜花点缀在松柏掩映、清溪激滟的山水间，点缀在红瓦白墙，楠竹绕梁的民居间。这幅鲜活生动的水彩画，绿的滴翠，黄的温馨，白的清爽，红的喜庆，还有菜花的清香伴酒香。金黄的油菜花伴着春风起舞，引来蜜蜂采花，惹来山雀唱歌。几个孩童在菜花飘香的田埂上追逐嬉戏，惊飞了一群忙着唱歌的山雀子。一伙常年打工在外的川妹子，攒着金黄色的油菜花照相留影，把自己婀娜多姿的青春倩影留在金黄色的花海中。她们银铃般的笑声穿过花海传得很远……云移了，水流了，小鸟飞走了，笑声远去了，却把甜蜜和美丽永远留下了。

青城山春韵

山青了，草绿了，虫动了，花开了。遍山的杜鹃花也蠢蠢欲动，含苞待放。风轻日暖，燕飞云走。春风里弥漫着一股草的青涩味和花的芳香味。踏入此境，顿觉身心愉悦，心旷神怡。在四川众多的名山大川中，青城山的春天独具风韵。她不但是中国著名的道教圣地，也是自然风景名胜之地。陆游曾诗赞青城山："断香浮月磬声残，木影如龙布石坛。偶驾青鸾尘世窄，闲吹玉笛洞天寒。"青城山有 36 峰，72 洞，108 景。层峦叠嶂，峰峰竞秀。林海苍茫，云蒸霞蔚。古树藤蔓遮天蔽日，青山滴翠四季如春。她背负岷山雪峰皑皑，俯瞰成都平原沃野千里。纵观 36 峰，翘殿飞阁绕山来，景中有庙庙亦景。在这里朝观日出，晚赏夕霞，夜伴磬声览"神灯"，的确是别有风味，其乐无穷。有联云：钟敲月上磬歇云归非仙岛莫非仙岛；鸟送春来风吹花去是人间不是人间。这副对联是否可以尽释仙山之奇妙。

青城山，状如城郭，故曰青城。青城山是中国道教的发源地。东汉末年，道教创始人张道陵由陕入川，居青城山结茅传道并羽化于此。青城山至今流传着关于他降魔除妖的诸多神奇灵异的故事。每天都有成百上千的游人登临青城山。他们有的是出于对道教祖师的虔诚和膜拜，有的是青睐于青城山瑰丽醉人的自然风景，还有相当一部分人是为了领略一下青城山古老厚重的历史文化氛围。从古到今有许多名人政要都曾莅临青城山，如杜甫、陆游、宋真宗、于右任、黄炎培、张大千、徐悲鸿等，在此都留下了不朽的墨宝。张大千曾携家眷在青城山留居两年，创作了许多书画作品。山上还建有李顺、王小波起义陈列馆。北宋末年，李顺、王小波以青城后山沙河坝为基地，率领当地农民打着"均贫富"的旗号暴动起义，打击了腐朽没落的北宋政权。明末，张献忠的农民起义军也曾在青城后山滞留捞军，留下了"倾酒味江，满河飘香"的趣闻。这些都增添了青城山浓浓的文化色彩。

青城山的春天播撒着清新和美丽；青城山的春天承载着厚重和神奇。

原载《甘肃广播电视报》

张家乡散记

黑河·红河

张家乡有黑河，在黑河流域有国家正式命名的"黑河森林公园"。我曾多次到黑河，每次都有新感受。黑河的自然生态景观在西秦岭的绵绵群山中，可谓独享特色。河水纤尘不染，花草如缦如织，秀峰绵延不尽，森林郁郁葱葱。当然，黑河不光是自然景观秀色可餐，还有亟待挖掘的人文宝藏。

黑河，为啥叫黑河不叫红河？我想叫红河多好。叫黑河是根据当地的一则神话传说。据说唐朝贞观年间，丞相魏征梦斩泾河龙王，其太子不服，上天庭找玉帝替父申冤。一时性急撞翻太上老君的炼丹炉，炉灰自天庭落下染黑了黑河水。其实黑河的水不黑，靓得能回清倒影。当然，叫红河也是有根源的。在黑河峡口就有一个叫红河的自然村，过去叫红河生产队。1936 年 9 月，红二方面军长征占领两当后，有一个连的红军来到张家乡扩红建政，筹集粮草。部分红军就住在红河村。红军向群众宣传，共产党和红军是为穷人打天下的，并组织群众成立农会，打倒土豪劣绅，为穷人分钱分地，为红军筹集粮草，革命闹得红红火火，黑河变成了红河。红军走时，有麻生宝、麻生金、张良等青壮年参加红军。麻生金、张良牺牲在北上延安的战斗中。麻生宝跟随红军南征北战，直至解放全中国。自红军来过后，黑河就有了红河的名字。

黑河又一次红火起来是在 20 世纪 80 年代初，上海电影制片厂把黑河选为外景地，拍摄了电影《白莲花》之后。《白莲花》是一部革命历史题材的故事片，反映的是土地革命战争时期，出身穷苦的白莲花因受不了地主恶霸的欺压而投身江湖，成了一名劫富济贫，威震一方的女侠。当时，国共两党都在千方百计、想方设法争取这股势力为己所用。斗争异常复杂、激烈、曲折。白莲花最终接受了共产党的改编，投身革命阵营。后来由于内奸的出卖，部队突然被国民党重兵包围，在弹尽粮绝之时，白莲花舍生取义，飞马悬崖，壮烈牺牲。

《白莲花》是上影厂留在黑河的一部红色宝典，是谱写在黑河的一组红色音符，必将历久弥新，世代传承。

黑河有这么多的红色资源，有这么多的动人故事，称黑河为红河可以说当之无愧。

林缘山庄

"林缘山庄"，一个极具诗情画意的名字。不光是名字好，在酷热难耐的三伏天，走进山庄一股清凉温馨的气息扑面而来。山庄内花草如茵，绿荫匝地，凉亭回廊，曲径通幽。假山奇石、脚踏水车……吃住游玩，应有尽有。

好一个"林缘山庄"，还真是缘分多多！2011年8月14日，县内文学艺术界的朋友们有缘相聚"林缘山庄"。参加县文联黑河采风笔会的文艺界朋友和张家乡政府全体干部的联谊活动，正在这里热烈举行。而坐在主宾席上的是乡党委书记张文彪专门请来的一位客人——王安瑞先生。王先生年过花甲，身体还很硬朗，他不是干部，不是名人，只是张家乡张家村的一位普通村民。然而，他却是两当文艺圈子里大家非常尊敬的一位老先生，也是我十分敬重的朋友。他自学成才，知识渊博，多才多艺。他在劳作之余创作发表了近20万字散文作品，创作了30多首歌唱两当风光的原创歌曲。王先生在现场即兴展示了刚刚完成的自己作词谱曲的原创歌曲《红军走过的地方》。受此感染，张家乡政府的干部和参加笔会的文艺界人士也都纷纷当场献艺，或即席赋诗，或写字作画，或演唱歌曲，或拉二胡吹笛子。所表演的节目都是本县作者说黑河、写黑河、唱黑河、画黑河的原创作品。对此，我有一点深深的感触，那就是张文彪在百忙之中能举办这样一个文化联谊活动，能邀请推崇王安瑞这样一个特殊的文化人才，这是否说明了一个问题，那就是张家乡党委、政府新一届领导班子除具有招贤纳才的伯乐眼光外，还非常具有开拓创新意识、与时俱进意识。

海纳百川，厚德载物。张家乡的明天一定是一个更加开放奋进的明天，一定是一个经济和文化双双丰收的明天。

两当桥

张家乡有个两当桥村。

村名为何叫两当桥？大概是因为这里有一座连接陕西凤县和甘肃两当的桥梁。以河为界，桥的东南是凤县的曹家庄村，桥的西北是两当的两当桥村。两当桥是我心中一直牵挂的地方。32年前，我因下乡工作曾在此小住一月，这里的许多人和事至今还留在我的记忆中。今天，终于有机会再一次造访你，两当桥，你还记得我吗？

1979年的秋天，我和县手工业管理局的钟局长来两当桥村下乡，住在村小学的教室里。我们每天都要经过一座用圆木搭成的独木桥，到小河对岸的村支书家吃饭。那个秋天，阴雨连绵，河水暴涨。一天下午，我和钟局长过河吃饭，还差几步就要走到对岸了，没想到走在前面的钟局长突然晕河，一头从桥上倒栽下去，脑袋撞在了河床的石头上，顿时鲜血染红了水面。我面对此情此景吓得手足无措，只顾大喊救命！多亏两当桥的乡亲们，村支书的儿子头一个跳进洪水，接着又有几个年轻人下水帮忙。大家不顾个人安危，齐心协力将钟局长救上岸来。钟局长头上撞开了一个五厘米长的口子，血流不止，人已昏迷过去。乡亲们又连夜冒着大雨，把他送到就近的凤县医院，才救得一条性命。虽然时隔多年，那惊心动魄的一刻，那感人至深的一幕，定格在我的记忆深处，始终难以消失。

在初秋的晨雾中，我乘坐的汽车徐徐驶进两当桥村。两当桥像一朵带露的山花，羞羞答答地展现在我的面前。变了，一切都变了，这完全是一个我不认识的两当桥，一个陌生的两当桥。

小河上的那座独木桥还在吗？我的目光在数百米长的河堤上细细搜寻，独木桥早已杳无踪迹。取而代之的是新修的河堤，新修的水泥桥。我当年住过的小学校的平房不见了，村民们一座座土坯房不见了。旧日的两当桥已经在岁月的尘封中消失得无影无踪。映入眼帘的是一排排整齐划一，白墙灰瓦红大门的农家新宅。经过硬化的村巷道路干净、整洁、平坦，一条条绿树婆娑、鲜花盛开的绿化带和白墙、灰瓦、红门互为点缀。随意走进一户农家院落，浓荫遮蔽的葡萄架上缀满即将成熟的果实，在秋日的阳光下晶莹透亮，像一串串珍珠翡翠。几只五彩斑斓的蝴蝶在葡萄架上翩翩起舞，似乎在高兴地告诉人们，它们已提前品尝了丰收的甘甜。树上的石榴也张开小嘴笑迎客人，颔首致意。廊沿下红红的月季花此时笑得最灿烂，还有房主人的幸福和喜悦也全都写在甜甜的笑脸上。这一切编织成了一道和谐美丽的农家风景，让人心醉其中，难舍难离。

随行的乡干部告诉我，两当桥最大的变化还是在近两年的灾后重建中。地震后，有35户村民按照统一规划、统一标准、统一样式重新修建了住房，对32户的住宅进行了维修改造。新修河堤500米，整修硬化村巷道路260米。村上统一修建公厕一处，垃圾池两个，户户有卫生厕所和沼气池。修建了1020平方米的绿化带，栽植了花草树木，安装了太阳能路灯。两当桥，一个新型的社会主义新农村跃然眼前。有村民编了顺口溜：新房盖得齐崭崭，村巷道路平展展；修公厕，建卫厕，垃圾倒进池里面；沼气池，太阳灶，晚上路灯亮灿灿；绿化带，围村转，红月季，笑庭院；村风文明生活好，小康挂在笑脸上。

这就是两当桥，一个崭新的两当桥！

原载《陇南日报》

心 桥

2014 年的春天，迎着春日的朝阳，踩着春姑的脚步，沐一路春风，披一身风尘，从省城兰州走来了四位搭建"心桥"的人。

活跃在红色福地，美丽两当的无数"双联"干部，就像一条条分布在沟沟坡坡的毛细血管，为百村千家输送着血液和养分，又像是一弯弯跨涧越谷的雨后彩虹，给一户户贫困农民以美丽的希望，以脱贫致富的信心和力量。就是他们在党和政府及村民之间用心搭建起了一座座无形的"心桥"，干群关系改善了，党的威望提高了，党和群众的心贴得更紧了。甘肃省质监局选派两当县金洞乡的"双联"扶贫干部杨坤、冯军、高翔、冉含宇四人就是这样用心搭建"心桥"的人。

四个小人物

人物档案：杨坤，省质监局质量处副处长，做事细心认真有主见；冯军，省质监局认证处副处长，办事头脑灵活主意多；高翔，省质监局科信处副处长，工作稳扎稳打实干家；冉含宇，省质监局纪检专干，少年老成做事踏实。四位在省城名不见经传的副处级干部，从 2014 年元月开始有了新的身份。他们分别担任两当县金洞乡大滩、新潮、李家、桦林等四个村的第一书记。他们自嘲为"四个小人物"，而正是这"四个小人物"，却为村民干了大事情。几年来，他们用心谋划，真心扶贫，精准施策，实打实干，所帮扶村的富民产业蓬勃发展，农民人均收入成倍增长，生活水平有了新的提高。杨坤、冯军、高翔、冉含宇四人用心扶贫，真心扶贫的实际行动，赢得了干部群众的一致赞誉，当地群众亲切地称他们为双联扶贫"四兄弟"。

意料之外

2014年的那个春天，对杨坤等人来说，绝对是一个不平常的春天。春节刚过，杨坤、冯军、高翔、冉含宇四人便从省城兰州来到了陇南两当。他们是带着省委、省政府"联村联户、扶贫攻坚"的重托来的，他们是带着干事创业的满腔热情来的！

初来乍到，一切都是那么的新鲜好奇。两当的天蓝得碧透，两当的山绿得滴翠，两当的水清得见底，两当的空气清新得纤尘不染。此时的兰州还是春寒料峭，而两当已是春意盎然，山花烂漫。杨坤等人的心情好得出奇，用"心旷神怡"来形容也不为过。他们想，我们是来双联扶贫的，群众一定会热情欢迎的，但是事情并不像他们想象的那样。

杨坤等四人到两当后，被分配到金洞乡担任桦林等四个村的第一书记。金洞乡地处两当城乡接合部，他们四人在城边租了一间民房住下来，去村上转了一圈想了解点情况，村民对他们却是爱搭不理。过了几天，越发不对劲了，村民见了他们有的躲着走，有的碰见了也不愿多说话，并在背后议论纷纷，闲言碎语也传进他们的耳朵："什么第一书记来扶贫，就是来做做样子镀金的"，"还是省上来的干部，没一点素质，垃圾扔得到处都是"……杨坤他们挺纳闷，也挺有压力，这还什么都没做呢，怎么就引起了村民的反感？经过几天的观察，总算找到了一点原因。他们租住的民房前是一条巷道，巷道附近有一所小学，放学后小学生经过巷道时，将吃过零食的包装袋、果皮、纸屑随地乱扔，群众误以为是他们乱扔垃圾。原因虽然找到了，但这还不是他们和村民产生隔阂的根本原因。根本问题是他们和村民还很陌生，他们和村民在感情上的距离还很远。联村联户，首先得联心，联感情，放下架子和村民交心做朋友。消除隔阂，增进感情都得付诸行动。于是四人一合计，先从打扫街巷，捡拾垃圾开始。他们四人轮流值日打扫卫生，每天都将整条街巷打扫得干干净净。一个月下来，误会消除了，感情拉近了，村民们主动上前和他们的第一书记打招呼。半年后，村民们和他们的第一书记无话不谈，关系融洽得像一家人。知道他们自己动手做饭吃，时不时有村民给他们送来自家种植的新鲜蔬菜和鸡蛋。"不收，村民们就生气。"杨坤无奈地说。

用心扶贫

五月的两当，阳光明媚，满目绿翠，山花烂漫，莺飞草长，空气中飘散着山花的芳香。第一书记杨坤正在大滩村村民王虎生的木耳种植园里劳作，他戴顶草帽，卷起裤腿，浑身沾满泥土，额头上挂着汗珠。"歇歇吧，杨书记！"村民周永芹随手递上一杯茶水，杨坤接过茶水一饮而尽，回头又继续干活。此时的他不像省城来的干部，完全像一个地道的当地农人，旁边有人说："看，他们多像一家人！"

还是五月，还是阳光灿烂的一天。在靠山临水的李家村，一块块梯田里，刚刚栽植的烤烟苗，迎着早晨的和风舒展着一张张椭圆形的笑脸。驻村的第一书记冉含宇也正在一块梯田里和村民一起栽植烤烟苗。只见他挖坑、植苗、填土、浇水，最后再用手在烟苗根部掩上一层干土面。道道工序他都做得认真细致，一丝不苟。看他娴熟的手艺，俨然就是一个老烟农。乡上的驻村干部小周调侃道："冉书记你不用回兰州了，你就在这里当个烟农吧！"烟田的主人老王接过话茬："就是的，冉书记，我们真不想让你走，留在两当也是一样的工作嘛。如果没有成家的话，我给你介绍个对象，别看咱这山里头，漂亮妹子有的是。"老王的话引来一片爽朗的笑声，在早晨的和风里传得很远很远。

省城来的"四兄弟"，通过同吃同住同劳动，他们和村民的距离越来越近了，心贴得越来越紧了。

"双联"联什么？扶贫怎样扶？作为"第一书记"究竟能为群众做些啥？

这是杨坤、冯军、高翔、冉含宇四人来到两当后苦苦思考的问题。

对于习惯了省城机关按部就班的办公室工作的他们，新的岗位，新的环境，一切对他们来说，都是毫无头绪，不知所措。偶尔上街闲转，在农贸市场他们发现两当出产的木耳、香菇质量很好，又天然无污染。只是当地人观念落后，形不成产业，销售渠道又不畅。两当冬无严寒，夏无酷暑，雨量充沛，气候温暖宜人，发展食用菌的条件得天独厚。

"对！我们就从发展食用菌产业下手。"从市场上回来四人一拍即合，说干就干。他们和乡上的驻村干部一起走村串户，说服动员村民种植香菇、木耳，采取"重点扶持，全面开花"的措施，即重点扶持几户种植大户，从而带动周边农户共同发展。

尽管大家都知道种植木耳、香菇是个富民增收的好产业，可是一旦做起来，村民还是顾虑重重。有的担心没资金，有的怕没有销售渠道，有的缺劳力。这也是两当县虽然很早就有种植木耳的历史，但始终发展不起来形不成产业的重要原因。为了动员村民种植木耳、香菇，杨坤、冯军、高翔、冉含宇四人几乎跑断了腿，磨破了嘴，两个月下来一双新鞋跑烂了。为了解决资金不足的问题，除帮助农户争取国家的扶贫贷款外，还通过省局协调筹集资金 34 万元对种植大户给予重点扶持。杨坤等四位第一书记为了发展食用菌产业，可谓绞尽了脑汁，费尽了心血，流尽了汗水。

有付出，就有收获。到年底，四个村收获木耳 1 万多斤，香菇 2 万多斤。而杨坤等人面对着收获的喜悦，没有高兴几天又发愁了，这些产品往哪里销呢？可见当初村民的担心不是没有道理。产品变不成钱，所有的心血不是都白费了。

怎么办？那天晚上杨坤等四人围着饭桌冥思苦想了多半夜。"咱们自己卖！"四兄弟中排行老二的冯军想出了主意。"对，自己卖。"大家一致同意他的意见。老大杨坤开玩笑说："冯老弟不愧是咱们的智多星啊！"首先，四人通过手机微信在网上卖，卖给亲朋好友。每次回兰州时，他们的汽车后备箱里连同后排座上堆的全是香菇、木耳。回到兰州，他们带着这些两当特产在自家小区卖，在附近市场卖，甚至在街边摆摊卖，后又到各大超市联系批发。在街边摆摊时，最后城管知道他们是为两当的贫困农民卖特产时，专门为他们在市场设立了临时摊点。几经辗转运输，想尽千方百计，通过各种渠道销售，到年底，几万斤木耳、香菇销售一空，一沓沓红彤彤的人民币如数送到村民手中。看到村民脸上笑开了花，杨坤等四兄弟的心里也跟吃了蜜似的特别甜，特别幸福。这一刻，他们觉得自己的人生价值得到了充分的体现。

是的，还有什么能够比得上此刻的甜蜜和幸福？这是一种浸入骨髓的甜蜜，这是一种发自心底的甜蜜。

因地施策

2015 年 10 月，两当红叶正当时。遍山的红叶像万木腾起的烈焰，像夕阳染红的云彩。红叶是红火喜庆的象征，红叶是美丽希望的象征。

2015 年，杨坤、冯军、高翔、冉含宇四兄弟，双联帮扶的四个村的各项富民增收产业，也像那遍山燃烧的红叶一样红红火火地发展起来。下乡扶贫三年来，杨坤、冯军、高翔、冉含宇四人，同吃同住同工作，关系融洽得堪比亲兄弟。他们性格各异，却能互帮互补。四人虽然为四个不同村的第一书记，但是"分村不分家"，有困难一起想办法解决，大事情共同商量决策，这是他们四人定下的规矩。这样就尽量避免了工作决策上的失误。为了打赢这场扶贫攻坚战，杨坤等人经过商量，决定在去年种植香菇、木耳收到初步效益，群众尝到甜头的基础上，继续加大规模发展木耳、香菇等食用菌产业，同时发展烤烟种植和土鸡养殖等项目。他们的想法得到了省局领导的赞同，并给予了资金上的支持。这一年，杨坤等四人所驻村的食用菌产业的发展得到了稳步推进。

2015 年，在杨坤所驻的大滩村和冯军所驻的新潮村各创建食用菌种植示范园一处，其余农户则力所能及，全面开花种植香菇、木耳。这一年新发展香菇、木耳 27 万袋，实现产值 105 万元。种植规模扩大了，产量产值增加了。新的问题也摆在了杨坤等人的面前。这么大的产量，怎么销售出去呢？用原来零敲碎打的办法，光靠他们四人去卖肯定是不行了，必须扩大销售渠道。为此，他们通过省质监局协调委托第三方检测机构，对他们生产的食用菌进行质量检测。经检测两当生产的香菇、木耳为无污染的优质品。拿到检测报告，等于拿到了产品销售的绿色通行证。拿着产品检测报告，杨坤、冯军、高翔、冉含宇四人又奔走于兰州的各大商场、超市对接洽谈。经过数月的不懈努力，如今，两当的香菇、木耳已经走进了兰州华联、亚欧、大润发等几家有名的大超市。

"有了产业，有了产品，最后还得把它变成现金，让农民实实在在增加收入。这是我们扶贫的责任。"杨坤等四兄弟如是说，这几句看来很平常的话，要做到却实在太难了！

而杨坤、冯军、高翔、冉含宇四人是这样说的，也是这样做的，而且是用心做到的。

金洞乡桦林村，沿国道 316 线分布在一道山梁上，山高坡陡，地薄人稀。全村 29 户人，有 11 户贫困户。直到 2013 年，全村的农民人均收入只有 1500 多元，是贫困村中的贫困村。四兄弟中排行老三的高翔便是这里的第一书记。

初来乍到时，高翔还真有点"老虎吃天爷没处下爪"的感觉。经过一段时间的走访调查，高翔心里渐渐有了底。这里虽说山高坡陡，但是林木葱郁，植被茂盛，绿色资源丰富，种植木耳，发展土鸡散养等林下经济有着得天独厚的优越条件。心里有了底，办法也就出来了。他走村串户征求村民意见，多次和乡村干部商讨，决定成立"桦林村恒源生态养殖合作社"，省质监局给予 5 万元的扶持资金。第一年以合作社为依托带动 8 户农户入股合作，采取林地散养的生态养殖模式，养殖土鸡 1 万多只。2016 年，共散养土鸡 3 万只，预计产值最低可达 90 万元，利润45 万元。合作社负责人张雪芹动情地说："没有高书记，就没有咱们养殖合作社的成功！"

高翔双联扶贫三年来，为群众维修了人饮工程，硬化了村组道路，硬化了院落，安装了太阳能路灯，扶持发展食用菌和生态鸡养殖产业。2015 年农民人均收入由过去的 1500 元增加到 3500 元，2016 年预计达到5000 元以上。桦林村支部书记姚天平说："高翔书记为咱们桦林村付出了太多太多的心血！"

回头再看派驻李家村的第一书记冉含宇，他同样用汗水在扶贫，用心血在扶贫。

李家村属河川丘陵区。靠山临水，温暖向阳，土地肥沃，宜种植烤烟，并已有数年烤烟种植历史，只是未成规模。冉含宇通过实地调查，决心在李家村将烤烟作为群众脱贫致富的主导产业来抓。为了扩大烤烟种植面积，三年来冉含宇走百家见百人，苦口婆心说服动员，逐村逐户落实种植面积，而后又跑县上，跑银行落实资金，并通过省质监局领导协调省烟草和电力部门，筹集资金为李家村新建烤烟炉20座，完成电力增容改造，新安装大功率变压器1台。通过土地流转，采取"协会＋农户"的发展模式，建成680亩的烤烟示范园，实现年产值204万元，利润160万元，为李家村脱贫致富起了主导作用。如今的李家村贫困面由2013年的30.67%，下降到2015年的11.66%，人均纯收入由2013年的2541元增长到2015年的4936元。2016年全村可实现整体脱贫，这一切都和第一书记冉含宇付出的心血是分不开的。三年来他把时间给了烤烟，把心血给了烤烟。

春天，冉含宇迎着春风进烟田，和村民们一起栽烟苗。

夏天，冉含宇顶着烈日进烟田，除草杀虫，挥汗如雨。

秋天，冉含宇和着金风收获喜悦，烤烟炉前有他忙碌的身影，田间地头听他暖心的话语……

再上一层楼

2016年5月16日，新潮这个向来安静美丽的小山村，这天却是热闹非凡，噼里啪啦的鞭炮声打破了小山村的宁静，此起彼伏的欢笑声伴随着初夏的热情。省质监局的领导来了，省市新闻媒体的记者来了，市县领导来了，八方嘉宾云集一堂，热烈祝贺"两当环宇生态农业科技有限公司"正式投产运营。环宇公司在新潮村的落户投产是杨坤、冯军、高翔、冉含宇四兄弟助力村民脱贫致富的又一大动作。

几年来，在杨坤等人所联系帮扶的四个村，烤烟、食用菌种植、土鸡、土蜂养殖等各项富民产业都有了较大发展，但是也还存在农特产品产业链短，精深加工不足，农民增产不增收的问题依然明显。杨坤等人看在眼里，急在心里。为了解决农特产品精深加工，增加产品的附加值，使生产的农特产品物有所值，使村民真正能增产增收，杨坤等人经过认真细致地考察调研，向省质监局提出了在新潮村创办农产品精深加工厂的建议。他们的建议得到了省局领导的高度重视，在省局领导的积极支持下，经过多方协调，最终从上海一家企业引进投资，注册成立了"两当环宇农业科技有限公司"，专门从事农特产品的精深加工、包装和销售。

环宇公司加工厂从2015年6月开始筹建，2016年5月建成。在省质监局、两当县政府及当地乡村干部的大力支持下，一路绿灯，畅行无阻，只用了短短一年时间便建成投产。一期工程投资860万元，建成年产300吨蜂蜜的全自动生产线和年产500吨食用菌干品及坚果全自动生产线各一条。达产后年产值过亿元，利税达2000万元。可带动周边数百户贫困户脱贫致富，同时解决60余人就业。

目前公司产品已在国家商标局获得注册，并经中国商业联合会食品检测中心检测，土蜂蜜产品、核桃产品均为特级品，干香菇产品为一级品。据了解，该公司位于上海的产品体验式展示中心即将启动运行。届时，两当的优质农特产品即可直接对接上海市场，同时辐射东南沿海各地市场，并有望借助上海自贸区这个大平台，把两当的优质农产品推向世界。

说起环宇公司能落户两当新潮村，公司负责人武进宇感慨万分："此次公司能与新潮村结缘，得益于省质监局双联驻村干部持续不懈地推介，得益于当地县乡政府的大力支持。"他用两个没想到形容当初来两当考察时的切身感受："没想到甘肃还有两当这样山清水秀的好地方！没想到这里有如此丰富优质的农产品！"

环宇公司的落户无疑给两当的优质农产品搭建了一条走向全国各地的绿色通道，为两当贫困农民脱贫致富将发挥不可估量的作用。作为牵线搭桥人的杨坤、冯军、高翔、冉含宇是否也功不可没？！

情深义厚

2016 年 10 月，当山上的枫叶又一次红了的时候，也是杨坤、冯军、高翔、冉含宇四兄弟来两当双联扶贫即将期满三周年的日子。据说，到期他们就要回兰州了。听到信息的村民提前赶来送行，有的送来自家的土产木耳、香菇、土鸡蛋，有的送来自己酿制的苞谷酒，有的真心诚意来挽留，希望他们不要走。

曾几何时，村民对他们的态度来了个 180 度的大转弯。想当初是抵触，是隔膜；后来是熟识，是接受；再后来是知己，是朋友；现在是水乳交融，难舍难分！

李家村："冉书记，我们真的舍不得让你走，你就留下来当烟农吧！"

大滩村："杨书记你不像省城来的干部，你就像咱自家人！"

桦林村："高翔书记为咱们付出的心血太多太多了！"

新潮村："没有冯书记他们，就没有我们的木耳、香菇示范园，没有环宇公司！"

这些发自肺腑的话语绝不是笔者杜撰，绝不是空穴来风，是他们用心扶贫，真心扶贫的实际行动换来的，是群众对他们付出心血，付出汗水的肯定和回报。杨坤、冯军、高翔、冉含宇四兄弟双联扶贫三年来，为他们所帮扶的四个村组，协调筹集了数百万元扶贫资金，改善村容村貌，扶持产业发展，使贫困群众真正走上了脱贫致富之路。可用来佐证说明这一切的素材太多了，在此笔者拣主要的盘点归纳如下：

一、扶持新潮、大滩两村建设食用菌产业示范园各一处，新增食用菌 27 万袋，实现产值 105 万元。

二、扶持李家村建成 680 亩的烤烟种植示范园一处，实现产值 204 万元。

三、扶持桦林村建成生态土鸡养殖示范点，2016 年散养土鸡达到 3 万只，实现产值 90 万元。

四、为大滩、桦林等村整修硬化村组道路 10.9 公里。

五、为桦林、李家等村 152 户村民硬化了院落，安装了太阳能路灯，为桦林村维修了人饮工程。

六、为金洞乡从上海引进农产品精深加工企业，注册成立了"两当环宇农业科技有限公司"。投资 860 万元建成蜂蜜精加工全自动生产线和食用菌干品及坚果加工全自动生产线。

够了，仅罗列以上几条足以说明，杨坤、冯军、高翔、冉含宇四兄弟是用心扶贫，真心扶贫的"马向阳"，足以说明群众为什么对他们赞誉有加，为什么和他们情深义厚、难舍难分！

杨坤等四兄弟双联扶贫的故事也再一次证明只要党的干部真心实意为群众办实事、办好事，群众就会真心实意地拥护党、拥护政府。干部给群众交心，群众就和党贴心。杨坤等人正是这样用心、用行动在党和群众之间搭起了一座心心相印的"心桥"。

山上的红叶哟，你慢慢地红；扶贫的亲人哟，你慢慢地走。等我再敬上一杯苞谷酒……美丽的两当，热情的乡亲，期盼明年你再来。

原载《开拓文学》

解读两当

藏在西秦岭南坡崇山峻岭中的小县城，经一夜雨雪的亲吻滋润，显得格外清爽干净。山头披着一层薄雾，河面蒙着一匹轻纱。人还没有起床，鸟儿已经醒了，叽叽喳喳吵闹着。空气清新，纤尘不染，在肺功能的一吐一吸之间，顿觉神清气爽。这是位居中国第六的深呼吸小城。小城青山环绕，绿翠欲滴。一条小河穿城而过，十里平湖倒映绿波。湖面观白鹤嬉戏；水里看鱼儿潜翔。水在城中，城在林中，街在绿中，人在景中。这就是两当。两当像一颗小巧玲珑、晶莹剔透的绿宝石，镶嵌在祖国腹部的版图上。难怪人说，两当是山水两当，诗画两当。两当还是红色两当。土地革命战争时期，曾在两当发动了著名的"两当兵变"。两当还是红军长征两次经过的地方。然而，要了解内涵的两当，还需深入解读两当。

解读两当，两当是一方山清水秀、居家养人的风水宝地。她位于陕甘交界处的西秦岭南坡，也是热带和暖温带的交汇地带。境内群山错峙，奇峰突兀，江河纵横，万壑分流，青山葱郁，鸟鸣莺啭。北有秦岭挡寒流，南有巴山拒热浪。冬无奇寒，夏无酷暑。气候温和，雨量充沛，土厚地肥，物产丰富。再旱也有米，再涝也有谷。有种不完的地，有吃不完的粮。农人们眼热她，她是一方肥沃富庶的养人之地；都市人青睐她，她是一位俊俏靓丽的山村俏妹。

有这样一段佳话：民国初年，两当的太阳寺有一位经常往返于上海做党参生意的药材老板，认识并钟情于一位上海女子，欲娶回太阳寺为妻。人家问他太阳市（寺）在啥地方，药材老板说，上海市在海边上，太阳市（寺）在太阳边上，比上海市大得多，热闹得多。在药材老板甜言蜜语的哄劝下，这位上海女子便跟着他辗转千里来到两当。到了太阳寺一看却完全不是那么回事。眼前是山，回头是山，除了山还是山。但最终太阳寺那绿茵茵的山，清凌凌的水，还有那热情厚道的乡亲们甜甜的笑脸，甜甜的话语还是留住了那位上海女子。这样的故事还有很多。

两当这块神奇厚重的土地，还使许多奄奄一息的生命死里逃生。据说民国十八年，陕西大旱，关中平原赤地千里，饿殍遍野。饥民吃草根树皮度日。当时有不少关中饥民越过秦岭，流入两当这个"世外桃源"，避风御寒，休养生息。

20世纪70年代初，陇中连年大旱，陕南频频遭灾。陇中的会宁、通渭、甘谷、临洮和陕南的宁强、勉县、略阳等地，数以万计的灾民大量流入两当。两当这块广袤肥沃的土地又一次热情大度地容纳了他们。当灾民们在这里休养生息，吃饱肚子之后，他们当中的部分人又想念老家，要叶落归根。两当这块土地表现出的仍然是大度和宽容，来去自由。于是这些灾民们，又容光焕发满载而归地返回故里。两当这块土地是大度的、宽容的，她曾使无数濒临熄灭的生命之火又重新点燃，她养育了无数的游子又不图回报。

解读两当，两当是一部神奇厚重、异彩纷呈的志书。由于两当处在北上秦州走西口，南到汉中下四川，东接秦岭通关中的"秦陇之捍蔽，巴蜀之襟喉"的特殊地理位置上，历来为兵家必争之地。明末李自成、清末太平军和白莲教起义军都曾多次占领两当，在此筹集粮草，修整军备。后来李自成、太平军战败失散的部队，又大多隐匿在陕甘交界处，包括两当南部在内的秦巴山脉的十万大山之中。因李自成义军和太平军大多是两湖（湖南、湖北）两广（广东、广西）人氏，因此，在两当南部的云屏、广金一带，至今留下了介于两湖、两广和当地方言之间的"湖广广"方言，以及结草为庐、刀耕火种、吊锅炖肉、苞谷煮酒的"棚民"生活习俗和唱山歌、喊号子的精神之魂。

两当是一块人杰地灵的地方。两当历史上名人辈出，最负盛名的当然要数八仙之一的张果老。据《全唐诗》第24册860卷记载："张果，两当人，先隐中条山，后于鸳鸯山登真洞往来。天后召之不起，明皇以礼致之，肩舆入宫。擢银青光禄大夫，赐号通玄先生，未几还山。"可见张果是两当人是无可置疑的事实。两当人吴郁，唐肃宗时官至侍御史，两当人罗世锦明末时官至监察御史、大理寺丞，他二人在朝为官，勤政清廉，忠言直谏，享有极佳的口碑。陆游、杜甫、杜鹏程等文人骚客，都先后造访两当留下了美文佳话。

两当有深厚的文化底蕴，也有秀美的自然风光。电影《白莲花》外景拍摄地——黑河风景区，山俏水碧，峡幽谷静。无垠的森林郁郁葱葱，奇异的花草如缦如织，俏丽的秀峰绵延不尽，还有那山寨女侠白莲花，从占山为王到成长为一名共产主义战士，最后在国民党重兵围剿下，弹尽粮绝，舍生取义，血染悬崖的美丽而动人的故事，更让人热血沸腾，回味无穷。

在云屏风景区，有一首民歌两当人可谓是耳熟能详："在那云雾缭绕的大山中，有我美丽的故乡云屏。青山滴翠是绿色的希望；五彩云霞是漂亮的衣裙；黄杨花醉人，杜鹃映山红；栈道一线天，天门锁烟云；溪游娃娃鱼，家养锦鸡鸣；山乡桃花源哟回荡号子声。"吟唱着这首歌，那如诗如画，康泰富饶的美丽山乡就会跃然眼前。

解读两当，两当是一杯醇香绵长的陈年老酒，越品味越醇；解读两当，两当是一首情真意切的抒情诗，越吟情越浓。

原载《陇南日报》

初识普陀山

去了一趟普陀山，没有白去。普陀山的确是一个神秘又神奇的地方。我去普陀山不是为了烧香礼佛。我不信佛，也不厌恶佛。我纯粹是为了自己的好奇心，以及那里的神秘和神奇。

普陀山，东海边缘的一个海中小岛。看惯了北方巍峨险峻的大山，普陀山的山便不是山，它只是大海中凸起的一堆礁石。树也不同，北方的树高大挺拔，岛上的树全都矮壮、玲珑、秀气，且多是香樟、银杏、合欢、罗汉松等名贵树种。岛上的风也不一样，温柔时，像初恋的情人呢喃细语；发怒时，雷霆万钧、翻江倒海。尽管如此，被誉为中国四大佛教名山之一的普陀山，总有她不同凡响的地方。在阳光明媚的日子，站在高处纵观海水包围的小岛，金沙耀眼、银涛拍岸、渔帆竞发、云雾缭绕，峰峦滴翠、松樟遍野，寺塔崖刻、古刹僧舍，梵音钟声、幽幻独特，构成了一幅幅"海天佛国"绚丽神奇的山水画卷。在大约 13 平方公里的海岛上，不论站在哪个角落，都使人觉得海阔天空。虽时有海风怒号、浊浪排空，却并不使人有惊涛骇浪之感。地处大海中央的小岛，却从未因台风受到过大的折损。可见普陀山的神秘和神奇，绝不是浪得虚名。

传说普陀山是观音菩萨看中的地方，那当然是一个风水宝地。916年，日本高僧慧锷自五台山请得一尊观音圣像回国。行至普陀山附近的莲花洋时，突遇风浪，一连数天无法前行，遂信为观音不肯东渡。只好留圣像供奉于普陀山，始建"不肯去观音院"。从此普陀山香火日盛，终成佛教圣地。1997 年农历九月二十九，33 米高的南海观音镀金铜像在普陀山落成并举行开光典礼。此日，普陀山岛乌云密布，细雨蒙蒙。上午9时许，当主持仪式的妙善大和尚宣布圣像开光的刹那间，圣像上方突然天门洞开，阳光普照。至观音铜像落成后，在圣像上方的天空，时常会出现围绕着观音头像的七彩光环，人称"佛光"。这一切，真是奇之又奇！

在普陀山，除过佛事方面的种种神奇和神秘之外，还有令我更心动神往的东西。如果想感受一下真正的和谐社会，那就去看一看普陀山。普陀山是一个镇的建制，有 4000 多人口。在普陀山，居民住房、学校、医院、宾馆、饭店、车船，甚至包括卖饮料的小亭子，都由政府统一规划、修建和管理。实行资产的全民所有，没有私有房产、私人车船。镇上所有居民都是从事旅游管理与服务工作的上班族。全镇一年的旅游总收入有 33 个亿。居民年人均分红 60000 元，上班的工资另计。谁也不用操心上学就医和养老，这些都全由政府买单。普陀山的僧人也很红火，寺院香火及布施的年收入高达 50 个亿。当然，要去普陀山当和尚也不容易，必须是佛学专业，大学本科以上学历。在普陀山，收入分配均等，就业机会均等，享受文化教育、医疗养老的权利均等。人们互帮互敬、团结友爱，没有坑蒙拐骗、尔虞我诈。社会和谐稳定，经济繁荣发展。基本实现了"全民所有，按需分配"的社会构想。我说的是基本，而不是全面。仅从这一点上讲，普陀山人也是幸运的、幸福的。

普陀山，神奇神秘的海中小岛。您就是一个名副其实的世外桃源，人间天堂！普陀山，我来了还想再来。

原载《陇南日报》

方寸展室观斗转星移

金秋时节，走进两当县档案馆，犹如走进一个眼花缭乱的珍宝库，犹如走进一个五彩缤纷的百花园。"故道之路"引我进入一个数千年间风云变幻的时空隧道。一件件珍贵的实物，一幅幅精美的图片，一组组凝练的文字，引发观者无尽的感慨和遐思。室外柔柔的秋风此刻也非常善解人意，轻轻地将尘封的往事一页页掀起、打开。

故道风云

古代的两当，是从甘川越秦岭走关中的交通枢纽，战略要地，历来为兵家必争之地。汉代便有陈仓古道的分支——莲云栈道，经过县境南部的重重大山，直达巴山蜀地。据《史记·高祖本纪》载：公元前206年，汉高祖刘邦畏惧项羽，逃离"鸿门"退出咸阳，就是经这条栈道进入汉中。后刘邦用韩信计，引奇兵复出故道，大败项羽部将章邯于陈仓，故将这条运兵之道称为故道，两当遂称故道县。

1

时光上溯到2000年前，一条古栈道穿崇山峻岭，攀悬崖峭壁，越急流深涧，栈道上金戈铁马，刀光剑影，人喊马嘶，楚汉相争风云急。"火烧栈道"的故事和"明修栈道，暗度陈仓"的典故以及与这条栈道有关的一切，虽经千载而历久弥新。刘邦经这条故道袭陈仓，占关中，进而逐鹿中原，统一中国。

2

将历史的镜头推移至 200 年前，故道上烽烟迭起，战火连连。1798年至 1865 年间，白莲教和太平天国义军经故道多次袭扰两当县城，让当时的清朝统治阶级疲于奔命，惶惶不可终日。战败的义军后又销声匿迹在两当南部的深山密林中，成为"山林为伴，号子为魂"的棚民。

3

再打开 80 年前的镜头：故道上"红旗漫卷西风"，"风展红旗如画"，"今日长缨在手，何时缚住苍龙"？

1932 年 4 月 2 日零时，两当县城发动兵变。枪声惊醒沉睡的山城，军旗映红故道的早晨。

4

1935 年 8 月，红 25 军自鄂豫皖苏区出发开始长征，经故道，出留坝，占凤县，袭两当，一路摧枯拉朽，势如破竹。时有民歌唱道："穷苦人儿盼天明，盼来了红军徐海东，打了土豪分田地，红军是咱亲兄弟。"

5

1936 年 9 月，红军长征再次占领两当。红军在两当宣传群众，组织农会，扩红建政，筹集粮草，红色的革命火种撒遍了故道大地的八乡一镇。星星之火，势必燎原。

6

1949 年 7 月，中国人民解放军一野 12 兵团解放宝鸡。战败的胡宗南残部 214 师经两当南部云屏、广金一带的古栈道南逃四川。骄横一时，扬言三个月要消灭陕北"共匪"的胡宗南，不知此时有何感想呢！

7

1949 年 11 月 27 日，中国人民解放军一野侦察部队进入两当。12 月
2 日，国民党两当县大队宣布起义投诚。12 月 6 日，两当县宣告解放。
12 月 14 日，中共两当县委、两当县人民政府成立。故道从此换新天，
人民当家做主人。

乡村印记

有许多温馨的乡村印痕正在消失，留下的也慢慢地由浓变淡……

1

一株皱巴苍老的大槐树站立在太阳寺街头。多少代，多少年了，它
就在那里笔直地站立着。它虽枝干虬曲，老态龙钟，却仍旧枝繁叶茂。
风刮不倒，雷打不动。不，它不是一株普通的大槐树。它是一位饱经风
雨沧桑的历史老人，它是一部博览社会万象的地方志书。它见证了太阳
历史的风云变幻，它记录着大槐树下的点点滴滴。

大槐树，琅琊王氏后裔在太阳的兴盛没落你见证了，白莲教与清军
的杀伐征战你见证了，两当兵变部队在你脚下改编，红 25 军在你眼前昂
首走过。你一定还记得前川农民周泰仁，太阳寺商人王永昌夫妇舍生忘
死救治红军伤病员的故事吧！

尊敬的大槐树你好！祝你千年不朽，万世流芳。

2

亲亲的水磨房你去哪里了？

时至 20 世纪 60 年代，县境内的河沟溪流中，还布满大大小小的水
磨房，有立轮磨，也有平轮磨。水的流量大时用平轮，流量小时用立轮。
利用一定的落差，通过堰渠将河水汇集到木槽内，用惯力冲击木轮转动，

然后带动两扇石磨自动旋转。随着嗡嗡转动的石磨盘，小麦、玉米瞬间粉身碎骨，磨缝里喷金吐银，散发出一种原始的、五谷的清香味。这种清香味自磨坊一直延续到厨房，延续到餐桌……这是一种原始的、自然的清香。20世纪70年代末，为人类服务了几千年的水磨房几乎一夜间便在故道的土地上销声匿迹了。现代人再也享受不到那种原始的、五谷的清香了，是喜是悲乎？

3

杠头、革头子，你认识它吗？

杠头、革头子，一种最原始的木质农具，正在故道的土地上慢慢地消失。"00后"的人不会认识它，城里人不会认识它。革头子是用梨、桃、麻柳等树木枝干自然形成的半椭圆形随弯就势做成的。在它半椭圆的两个支点处拴上牛皮绳，牛皮绳的另一头拴在一个长一尺、宽二寸的木条（牛打脚）上，然后将一双革头子套在一对黄牛的脖子上，将另一端的牛打脚套在杠头（木犁）的旋风板上，便形成了一套完整的犁地的农具——杠头。这种原始的犁地农具一直沿用至今。

犁地是作务庄稼的一道重要工序。春种秋播，伏耕冬耕，农人要盯节令，抢时间，是非常讲究的。夏收后，要抢在三伏结束前，把土地翻耕一遍，以利熟化土壤，晒死杂草。秋收后，要抢在进九前，将土地深耕一遍，在三九严寒中冻酥土壤，消灭病虫害。因此，地犁得好坏，是庄稼收成好坏的关键。试想：革头子、杠头、老黄牛在烈日下炙烤，在风雪中劳作，此刻我们是否才能体会到"谁知盘中餐，粒粒皆辛苦"呢？

而如今，革头子、杠头、老黄牛，已离我们远去了，在此只能留下些许淡淡的思念。

时代风采

一张发黄的老照片，记录了20世纪70年代初的两当县城。南北两面土城墙的残垣断壁还依稀可辨，没有林立的高楼，没有宽阔的街道，没有人流，没有车流，也没有璀璨的华灯。广香河静静地流过城区，一切尽在粗犷、土气和宁静中。那时的两当县名不见经传，甚至在甘肃也没多少人知道有个两当。

1

当历史的脚步迈进21世纪门槛的时候，两当经济社会进入跨越式发展的快车道，过去的两当人都不认识现在的两当了。在此借助几句快板词来形容现在的两当县城：

> 小城两当变化大，声名远播人人夸。
> 高楼林立连成片，城区扩大一倍半。
> 兵变旧址换新颜，河东还有纪念馆。
> 滨河大道平展展，平湖碧波映蓝天。
> 街边樱花红艳艳，公园织就绿地毯。
> 山上还有太阳能，夜来银河落九天。

正所谓：忆往昔岁月峥嵘血染红旗打天下；看今朝时代风流党凝民心绘新图。

2

在那幅云屏山水的画卷前，不由人驻足良久，引发遐思万千。云雾缭绕，林海苍茫的天门山，云飞草低，鸟语花香的高山草甸仿佛就在眼前。川楚棚民在深山密林中结草为庐，刀耕火种，号子声声穿云破雾，跨涧越谷。天门山随风飘来淡淡的黄杨花的清香，在山涧林下随风弥漫。五月，高山杜鹃花开的时候，又是一种万紫千红的景致。我想告诉看护天门的仙女，再不要将珍宝送给那些贪心之人了。我还记挂着西姑庵的坤仪公主，你本来可以尽享锦衣玉食，荣华富贵，为何又要在深山老林伴青灯黄卷，咽素食野菜？

这就是云屏，说不尽的云屏，阅不透的云屏。

3

一幅黑河云海的风景照，山险峰秀，云飞雾走。雾裹峡谷时，山在天上，云在脚下；云压山巅时，云在天上，山在脚下。此时便是天地融为一体时最神奇壮观的时刻。黑河的美，美在山俏水碧，美在峡幽谷静，美在千姿百态，美在五彩缤纷。花草如茵织锦绣，林木葱郁景如画。秀峰尽显侠女美，绿水倒映白莲花。黑河还美在白莲花戏水黑河的浪漫，投身革命的传奇，舍生取义，血染悬崖的英勇和悲壮，还有那魏征梦斩泾河龙王的神话传说。

这就是神奇美丽的黑河！

"故道之路"可谓匠心独具，慧眼超前，运用文字、图片、实物以及声光电等现代科技手段，充分再现了故道大地几千年来的历史文化、政治经济、地理概况、风土民俗等社会万象以及时代风采。历史与现实交织，虚拟与真实并存。"故道之路"给人以震撼，给人以知识，给人以自信，给人以力量。让我们温故知新，记住历史，开拓未来，建设红色福地，美丽两当。

原载《广香河》

去看红旗渠

1974 年 10 月，我有幸赴河南林县参观"人造天河"红旗渠。那是我第一次出远门，第一次坐火车，看什么都新鲜，好奇。列车越秦岭，过关中，出潼关，到洛阳……秦岭的雄奇、秀丽；关中平原的浑厚、博大；洛阳古城的悠远、繁华都使我惊叹不已，但更能激动人心的地方还是林县。

林县地处晋冀豫三省交界处的太行山中。一路上只见太行山多是秃岭红石头，很少能看到绿色。到达林县后却是"柳暗花明又一村"，那青的山、绿的地和掩映在绿树丛中的村庄，以及那清清的渠水，池塘的游鱼，无不给人一种清丽温馨的感觉。可后来才知道历史上的林县是一个"光山秃岭红石头，十年九旱九不收"，"盼水如盼娘，吃水贵如油"的穷地方。

在林县参观的三天，驱车行程 500 公里，看一路激动一路。红旗渠是从山西境内拦截漳河水引入林县。长达四十多公里，可引水 3.3 立方米／秒的红旗渠总干渠，全部修筑在太行山的悬崖峭壁上，远远看去像是缠绕在万山丛中的一条闪闪发光的玉链，又像是天上的银河落太行。

北来的红旗渠和南来的英雄渠（建于 1959 年），在林县城关红英岭前汇流，建有"红英汇流纪念碑"和汇流引水闸。建筑精巧绝伦，气势壮观。渠水居高临下涌出闸门，飞银溅玉，涛声震耳！当时即兴赋句记之，题《红英曲》：

玉龙飞溅闪银光，红英汇流涛声狂。

　　南兄北妹喜相逢，红英岭前拍手唱。
　　咱是南北两战友，同为林县把业创。
　　人民英雄开大道，引我双双穿平原，
　　送我双双上山冈，蓄进池里鱼儿跃，
　　淌进电站电灯亮，流进田里稻谷香。

　　坐落在总干渠上的"青年洞"，凌空镶嵌在半山腰的悬崖峭壁上。林县青年硬是用人工凿通百米山洞，引渠水穿山而过，因此，命名青年洞。时赋句记之，题《青年洞赞》：

　　林县青年好儿男，移山造海势撼天。
　　悬崖峭壁留壮举，笑看天河越重岩。

　　位于一干渠上的"夺丰渡槽"更是雄伟壮观，夺人魂魄！渡槽全部用人工凿成的青色石条建成，长500余米，高30余米，引渠水从空中横跨深谷，时赋句记之，题《夺丰渡槽赞》：

　　犹如彩虹挂云端，又似玉链深谷悬。
　　夺丰引水凌空渡，人造天河尽奇观。

　　当时我真的不敢相信这是林县农民自己建成的，可事实又的确如此。那时没有机械，没有高新技术，有的只是林县人的智慧和汗水。实地看了林县人艰苦卓绝、巧夺天工的杰作之后，我才明白了外国友人为什么称红旗渠为"人造天河"的真正含义。

　　红旗渠的主体工程是在20世纪60年代初开始修建的，到70年代初才完工，整整十年，林县人风餐露宿，迎酷暑，送寒冬，不管何种艰难险阻，他们始终没有停止那劈山修渠的艰苦战斗。

　　自从有了红旗渠的水，昔日那个干旱贫穷的林县在太行山中彻底消失了！红旗渠水所到之处，修建了上百座水电站，修建大小水库、池塘数百处，发展保灌面积数十万亩。走遍林县南北，只见"渠道网山头，清水到处流，鱼在水中游"，处处是"鱼跃粮丰电灯亮，红花绿树映家园"的景象。林县人用自己的双手将"此景只应天上有"的梦想变为现实。

如今的林县已变成国内外知名的林州市，"人造天河"的奇迹也早已远播重洋，红旗渠的精神魅力和经济价值与日俱增。红旗渠精神整整感动和教育了一代人，还将继续教育一代又一代人。

原载《甘肃广播电视报》

龙天寺重修记

龙天寺，天上寺，山崖上，峭壁间，凿石窟，塑观音。群山环绕，石崖滴翠，绿映苍穹，风光如画。春醉山花烂漫时，夏如孔雀展翠屏，秋有红叶染层林，冬来白雪雕琼楼，还有石锣石鼓伴观音，太阳河水天上来。龙天寺的确是风水宝地，不愧神仙之居。

龙天寺全称龙天寺石窟观音堂。始建于唐，后毁于自然。清嘉庆年间重建，又没于兵燹。1993 年，时有栗子坪村积德行善，虔诚侍佛之士雷耀等人操心牵头，化缘于十里八乡，奔波于山间小道。历时二十三年之久，集资十万之巨，投工数以千计，香客信士搬砖添瓦，捐物无数，遂在石崖峭壁上建成现在龙天寺观音堂之规模。观音堂、玉皇殿、土地庙在悬崖峭壁间呈之字形依次展现。峭壁立石柱，悬空建天寺。工程之艰巨之困难，非常人难以想象。正所谓惊天地，泣鬼神。

龙天寺重现之日，观音笑云端，普救世人难；玉皇显威严，鬼魅难近前；土地把门看，和事结善缘。今日之龙天寺，百里香客迎门，千炷香火旺盛，但凡为龙天寺观音堂重建操心谋划，捐钱捐物，出力流汗之人，皆可立功德于当世，积荫福于后人。在此神灵安泰，功德成就之时，岂能不作文以记之。

美丽乡村左家行

美丽乡村左家是一个叫人流连忘返的地方。

从西秦岭绵绵无尽的崇山峻岭中发源的红崖河，在数千年的时空跨度里自北向南，一路欢歌，一路奔袭，左冲右突，裁弯取直，形成了现在杨左河谷一条平坦肥沃的冲击带，人称两当的"天心地胆"，意即肥沃富庶之地。地处这条冲击带上的左家乡无疑是一块地肥水美，人文荟萃的好地方。

历史上的左家乡就以崇文重学、文脉深厚而出名。传说唐朝开元年间，左家坪有一左姓后生，自幼聪明好学，文才出众，相貌英俊。年方二十时赴京赶考，一举考中状元，被皇上选为郡马。但因郡主貌丑且伴有狐臭，左郡马并未屈服于皇权礼教，而是毅然弃官回乡，称病不归。后在郡主前去探视时，弄假成真，亡殁故里。留下了一段悲凄而动人的故事。

新中国成立前夕的左家是两当地下党活动的主要根据地之一。权坪村地下党员龙文珍冒着被国民党杀头的危险，掩护了两当地下党工委书记司国权在杨左河川开展地下活动。20 世纪 80 年代，蚂蚱河村支部书记骆文才、村民朱存贵为扑救森林火灾而英勇牺牲，被甘肃省人民政府追认为革命烈士。左家乡是一个具有光荣革命传统的地方。

当然，今天笔者在这里主要想表述的是新时代的新左家。

长江后浪推前浪，青出于蓝胜于蓝。新时代的左家肯定要超越历史的左家，这是毋庸置疑的自然规律。建设一个更加文明和谐，美丽富庶的新左家，这是左家乡党委、政府认真实践党的群众路线和奋斗目标，他们真正做到以民为本，为民服务的人民好公仆。他们正在精心谋划，实打实干，脚踏实地的一步一步实现着。

三伏酷暑，骄阳如火，美丽乡村，温馨宁静。在这七月流火的日子里，两当县作家协会采风团一行来到了左家乡的蚂蚱河新村，左北、左南新村，大庄新村参观采风。从远处看，"村在林中，房在树中，人在景中"。从近处看，不单是整齐划一红瓦白墙的座座民居叫人感叹，而是那"前院能栽花，后院能养殖，门前搞绿化"的适合农民的宜居环境更受称赞。村村建有休闲小区、文化广场。小区内竹木展翠，花草留香。特别是小区内的景观水池，别有风韵，水中有石，池中有景，还能种荷养鱼，既好看又实用。可以说左家乡的美丽乡村建设的特点在于美丽和新奇。美就美在这里的绿化、美化皆能因地制宜，随弯就直，依势造势，自然而然，不是刻意追求。新就新在一切建设都能根据农村和农民的特点及需求，既美观又实用，农民住着用着舒心自然。说到这里不能不说到左家乡的"魅力文化广场"。

这个"魅力文化广场"修建的意义，绝不等同于任何一个文化广场，也绝不等同于任何一个"形象工程""面子工程"。这是一个实实在在的民心工程、惠民工程！这里有相关的背景资料来佐证。在修建文化广场之前，这个地方叫大坝堰沟，位于左北、左南两村之间，是多年来自然形成的一条垃圾沟、污水沟。每到夏天，臭气熏天，蚊蝇肆虐。既污染环境，又影响村容村貌。2013年底开始，左家乡党委、政府下决心治理改造这条群众反映强烈的污水沟，工程分两期进行。一期沟道治理工程，共清运垃圾10000余立方米，埋设涵管105米，修排水渠125米，护坡200平方米，回填土方32000余立方米。二期工程修建了占地近2000平方米的文化广场。广场内建有木质回廊和凉亭，有可供小型文艺演出的舞台，安装有花岗岩座椅、体育健身器材以及照明灯具、标志石和记事碑，还建有绿化带500平方米，栽植着10余种名贵花木。文化广场的修建既消灭了垃圾污水沟，清洁美化了环境，又为群众解决了休闲健身，文化娱乐的场所，这样一举多得的好事，公仆们倾心而为，村民们拍手称快！夏日的傍晚，广场上浓荫匝地，凉风习习，人声喧哗，舞曲阵阵。乘凉的、聊天的、健身的、跳舞的组成了一支欢乐的广场交响曲。这是否就是美丽乡村一种真正的和谐之美、自然之美！是否就是对党的群众路线的最好实践？！

发展食用菌特色产业，是左家乡为民富民的又一亮点工程。盛夏之时，走进左家乡食用菌产业园区，看到的是一座座大棚里生长良好的香菇、平菇，如雨后春笋争先恐后地展露着它们肥硕的身姿。棚栽的灵芝生气活现，晶莹剔透，地栽黑木耳就像平地里冒出的一树树黑色的珍珠翡翠，让人目不暇接。看着眼前的一切，笔者被感动了，震撼了！过去我们常常感叹，两当人口少，经济总量小，干什么都形不成规模、形不成气候。左家乡用他们干事创业的超前眼光，为民富民的实际行动，终于打破了这个历史常规。为了调整种植结构，发展食用菌产业，他们多次组织乡村干部和种植户代表赴浙江龙泉、陕西略阳等地考察学习，为种植户提供技术支持，同时协调解决资金问题，土地问题。经过几年的努力，已经建成 100 万袋以上高标准食用菌产业园区 1 个，10 万袋以上产业园区 6 个，累计发展食用菌 376.3 万袋。仅 2014 年，全乡种植食用菌 206.3 万袋，其中香菇 71.3 万袋，平菇 40 万袋，黑木耳 60 万袋，灵芝 75 万袋，实现产值约 1236 万元，人均增收 1607 元。为了进一步发展食用菌特色产业，他们还成立了"左家小强食用菌农民专业合作社"，初步形成了产供销一条龙的产业化发展格局。为了保证全乡食用菌产业健康有序地长远发展，他们还建成了自动化菌种生产车间，生产的菌种除自用外还供应了其他乡镇的生产需要，辐射带动了全县各乡镇食用菌产业的发展。为了解决食用菌生产过程中产生的废料污染环境的问题，他们又从辽宁抚顺引进了机制木炭项目，建成了"左家乡机制木炭厂"。机制木炭是利用食用菌生产过程中产生的废料和植物秸秆，经过机器高温高压，炭化处理后制成的一种新能源产品，具有易燃烧、无烟尘、发热量高等特点。适用于工业生产、餐饮业和居家取暖。机制木炭既解决了食用菌生产过程的污染问题，又实现了废物利用，变废为宝。它是一个真正的绿色环保产品，为发展农业循环经济和可持续发展提供了重要模式。

几年来，左家乡的食用菌产业实现了大突破、大发展，取得了令人瞩目的成绩，受到了干部群众的一致好评。当然，这些成绩的取得不是天上掉下来的，也不是地上冒出来的，它是左家乡党委、政府的领导和全体干部用心血凝成的，用汗水浇灌的。为了这些成绩的取得，他们多少次灯不熄、夜难眠，在办公室里研究论证，精心谋划；多少次晴天汗、雨天泥，在田间地头踏勘布局，检查落实；多少次冒酷暑、沐严寒，人在旅途南下北上，"拜庙请神"，其中的艰辛和付出是难以用语言说清楚的。其实也不用说清楚，他们大力发展食用菌产业，为农民增收致富的事实，就足以证明：左家乡有一个说的少，干的多，勤政为民的好班子。左家乡有一帮老老实实，一心为民的好干部。他们的所作所为得到了全乡干部群众的认可和称赞。这就够了，难道还有什么能比百姓的口碑更值钱吗？！

县作家协会走进美丽乡村左家的文艺采风活动，只有短短的几个小时。笔者虽然离开了左家，心却留在了美丽的左家，诱人的左家，让人久久难以释怀。在左家乡的所见所闻，的确有许多叫人感动的事情，的确有许多让人回味的东西，的确有许多可资借鉴的地方。

再见了，美丽的左家！明年我还会再来。

原载《广香河》

太阳琅琊王氏的先祖

据民间传说，两当太阳寺琅琊王氏后裔的先祖叫王韶，早年在秦州为官。当年王韶去秦州赴任途中，途经太阳寺，看上了此处的山清水秀，遂将四子王深留在了太阳寺。初以农耕养殖安身立命，后以办矿冶银发家致富。就此琅琊王氏的分支后裔在太阳寺繁衍生息了数百年。

经笔者查考得知，民间所传和王氏族谱的记述基本吻合。王韶，字子纯，系琅琊王氏的第四十二代后裔。生于北宋天圣八年二月二十八日，卒于北宋元丰四年六月二十四日，享年五十有二。关于王韶的出生，家谱上有一段颇为神奇的记述，话说王韶母夜梦北斗七星慢慢坠落，还未及地时，旁边有人对她说，若击星得之，当生贵子。王母遂举杖击之，得第六星落入衣襟，后便孕王韶。待王韶出生时，神光满室，形气不凡。左手有文字，掌后有横纹起贯中指二节，两手十指皆齐。王韶自幼聪明好学，文才出众。于嘉祐二年（1057 年）登进及第。初授将士郎新安主簿，后因其才华出众，忠义智勇，文职武用，改授秘书省著作郎秦凤路经略安抚司管勾公事并秦州提举兼知通远军骑兵都尉。韶于此任，深谋远虑，开信示恩，卫边拓地，功绩卓著。朝廷又改授其为龙图阁集贤院修撰兼熙河路马步军都总管经略安抚使知熙州军事。熙宁八年又授其为正义大夫礼部侍郎枢密副使观文殿学士，进封太原郡开国侯。后又加封太子太师江国公，封夫人杨氏为燕国夫人，刘氏为江国夫人。

王韶登进及第提举秦州时年仅 28 岁。时值北宋熙宁初年，西北边境不甚安宁，匈奴屡屡南侵，氐羌纷纷割据。王韶为保边安民，慨然进言，为朝廷献上平羌安边之策，深得当时神宗皇帝的赏识。之后，宋神宗信其言，用其策，委王韶以重任，统领西北边境军政诸事。王韶宏谋多智，素怀忠义，日夜忧勤，不负圣恩。定谋帷幄以决胜，突出奇兵以取威。戍边守疆六年有余，收复河、湟、洮、岷数州，拓地三千七百里，降伏氐羌七十余万口。宋神宗甚悦，下诏赏赐其御书羊酒，金带银绢，加封王韶为观文殿学士尚书知制诰经略并熙河路马步军都总管，即熙河元帅。同时上封三代，下覃九族，封曾祖师诚为金紫光禄大夫，祖父令极为同襄敏公，父世规为太子太师，母陈氏先封嘉泰郡夫人，后封江国夫人，其余弟媳儿妇各赐金冠霞帔。特赐王韶长子王廓进士出身，授大理评事职，授次子王厚大理评事职。熙宁四年至熙宁八年，神宗皇帝先后五次下诏对王韶的才能功绩予以褒奖并为其加官晋爵。

王韶率军熙河后，即以枢密副使礼部侍郎观文殿学士进封太原郡开国侯，不久又加封太子太师江国公。树大招风，功高遭嫉。王韶也因此受到同僚的无端指责和非议而心气不顺，忧愤成疾，遂生背疽之疾。从此一病不起。死后葬于江西德安县敷阳山凤凰岭下。据说有人曾盗其翁仲石为磨，一日火自磨眼出，焚烧其屋。遗有观文殿学士之碑，于明成化年间为豪民所劫。

王韶在仕三朝，辅佐二帝，戍边拓地，降羌伏氐，功绩显赫。人虽逝，显绩伟望犹存。宋哲宗元符三年追封为司空，宋徽宗崇宁元年追封为太尉，崇宁四年追封为申国公，大观二年追封为楚国公，政和元年追封为魏国公，政和四年追封为燕国公。韶公生能安邦治国，成国之栋梁，死能荣及祖宗，福泽子孙，古今历史不多见也。

原载《琅琊王氏族谱发现与研究》

五月杜鹃映山红

"红雨随心翻作浪,青山着意化为桥。"初夏的五月,正是两当山花烂漫的时候。南山北坡那重重叠叠的大山之中的高山杜鹃,似乎在一夜之间全都绽放了。红的、白的、粉红的各色杜鹃花一簇簇、一片片铺天盖地,馨香袭人,映红了座座青山,映红了半边云天。

值此山花烂漫的美好时节,《开拓文学》两当专号付梓刊印了。两当文苑的朵朵山花盛开在初夏的五月,姹紫嫣红,争奇斗艳。尽管她还十分稚嫩,浑身沾染着泥土的清香,甚至还有点羞羞答答,但她毕竟迈出了勇敢的第一步,把自己质朴、纯真的裸体尽情展现在世人面前,任人鉴赏评说。

两当历史悠久,文化底蕴深厚,自然风光秀丽,人文资源丰富,有电影《白莲花》的"出生地"——黑河森林公园,有美丽诱人的云屏自然生态风景区,有红军长征和"两当兵变"的革命故事,有张果老和坤仪公主的神话传奇,有两当号子和棚民文化的山中奇葩。这些丰富多彩的自然和人文资源,为文学艺术者提供了取之不尽、用之不竭的创作源泉。在两当这块美丽神奇的热土上,注定要出现一批有理想,有作为,有希望的作家;注定要产生一批有分量、有影响、有价值的文学艺术作品。这是时代的必然,这是两当文学艺术发展繁荣的希望之所在。

回顾两当文艺创作的发展历程和现状,还真得从头说起。回顾历史不能不说《映山红》,不能不说浩岭。以20世纪70年代初的农村合作医疗和"赤脚医生"为题材的短篇小说《映山红》,是土生土长的两当籍作家浩岭的处女作,于1973年发表于现在的《飞天》当时的《甘肃文艺》。

说句题外话，这还要感谢当时《甘肃文艺》那位慧眼识才的小说编辑李禾。这篇处女作虽然颇显稚嫩，但却饱含着山花初绽的清新之气和蓬勃向上的热切希望。那毕竟是新中国历史上两当人发表的能称之为文学作品的小说，也可以说是两当人有史以来发表的第一篇小说。此后，浩岭相继在《人民文学》《上海文学》《十月》《飞天》等刊物发表作品，一发而不可收，多次获得省级和国家级文艺大奖，至今已出版个人文学专集5部。浩岭也从一个默默无闻的山娃子一跃而成为甘肃文坛的知名作家，现为享受国务院特殊津贴的专家教授。"浩岭效应"在两当的影响是巨大的、直接的。在20世纪80年代初，两当有相当一批青年文学爱好者痴心不改，追随着浩岭的脚步走上了异常艰辛的文学创作之路，在全县兴起了第一次文学创作热潮，并自发印制了油印读物《野草》和《两当文艺作品选集》。

历史进入20世纪80年代末至90年代初，在市场经济、全民经商的大潮冲击下，文学艺术好像在一夜之间就变得一文不值，人们的眼睛紧盯着物质和金钱。两当文艺创作回落到了一个相对的低潮期。在此期间，全县从事文艺创作的人员所剩无几，发表作品屈指可数。曾几何时，两当文坛给社会的影响是默默无语，悄无声息。无语并不等于无为，这是否在蓄势待发？！文艺之火是心灵之火，是不会轻易熄灭的。

"忽如一夜春风来，千树万树梨花开。"走进21世纪，感谢伟大的好时代！党的十七大吹响了文艺大发展、大繁荣的进军号，文艺工作者面临着前所未有的好机遇，两当的文艺创作开始进入第二个高潮期。2002年，县文化馆正式创办了县办文学刊物《广香河》。2006年，两当历史上第一个民间文艺社团"两当县红叶文学艺术社"正式注册成立，并创办了社刊《红叶》。从此以"红叶文学艺术社"为平台，团结组织了一大批文学艺术爱好者，积极开展文艺采风和创作交流活动，带动和培养了一批文学新人，创作了一批有质量、有影响的文学艺术作品。自2005年以来，先后有萧树瀚诗文集《卧火集》《邀月轩诗话》，由作家出版社出版；周振国散文集《两当情缘》《故道心声》，内部出版；《靳春岱油画艺术》，由北京工艺美术出版社出版。雷兆丰、李明禄、赵君荣等人的书法，靳春岱的油画多次入围省级和国家级大展，王廷君、王开琼、张彦峰的摄影作品多次发表于省级和国家级专业杂志并获奖。特别是 2008 年，苏宝珊历时 10 年精心创作的 70 万字的长篇小说《红罂花·白罂花》，由中国文联出版社出版，成为陇南文学艺术界很有分量的长篇巨著之一。这是迄今为止，两当历史上由本土作家正式出版的第一部长篇小说。《红罂花·白罂花》尽管在主题立意、文字描述、人物塑造上还有许多先天不足和不尽如人意的地方，但它有奇特的故事，鲜活的人物，生动的语言，仍不失为一部艺术性、可读性相得益彰的好作品。《红罂花·白罂花》的面世和当年的"浩岭效应"一样，把两当的文艺创作推上了一个新的台阶，产生了一个质的飞跃。据粗略统计，全县目前的文艺创作队伍发展到 60 多人，年龄最大的 79 岁，最小的 25 岁，形成了以雷兆丰、周振国、李明禄、常玉成、萧树瀚、苟昌盛、苏宝珊、靳春岱、罗曼、王彦青、李兴林、李跃宏、李秀明、闫志成、于鹰、赵君荣、雷爱红、冯淑雁、李凤琴、麻晖、曹建国、童世林等为骨干的老中青三结合的创作群体，涌现出以罗曼、雷爱红、冯淑雁、麻晖、李凤琴、李山泉、王红等为骨干的一批女作者群体。每年在省内外各级报纸杂志发表或展出各类文艺作品 100 余篇（幅），并时有获奖作品出现。在建设生态、和谐、文明、富庶的新两当中发挥了一定的社会效益，受到了社会的好评和陇南文艺界的关注。

两当文学创作队伍除苏宝珊、苟昌盛、罗曼、王彦青、童世林、麻晖等骨干作者外，近几年还有一大批文学新人在陇南文坛崭露头角，极具可塑性和发展潜力，如杨晓东、王玉良、张燕、王红的散文表露感情真挚细腻，叙事状物惟妙惟肖，远航、雷爱红、李凤琴、李山泉等人的诗歌清新可人、淡雅灵动、神采飞扬，冯淑雁、味果、周海仁等人的小说故事构思奇巧，语言流畅生动，都有较强的艺术性和可读性，还有刚刚步入文坛的包华、罗华平、高金红、吕彬、姚永红、宫廷丹等人，都是可造之才，他们的作品有思想、有文采，都有可塑之处，他们都是两当文艺界未来的希望和中坚力量。

"满园春色关不住，一枝红杏出墙来。" 2009 年是伟大祖国的 60 华诞，也是两当文艺创作异彩纷呈、硕果累累的一年。当年有《红色两当》《故道心声》《靳春岱油画艺术》三部文学艺术专集正式出版。《文化陇南》还专门刊发了"两当县书画作品选"。在陇南市文联编辑出版的纪念新中国成立60周年文学作品选《梦想与述说》一书中，两当有李明禄、常玉成、王彦青、山魂、李跃宏、王玉良、雷爱红、李凤琴等8人的作品入选，入选作品数量在陇南9县区中名列前茅。2009年，李兴林的纪实文学《灾难孕育着希望》和王彦青的纪实文学《灾难让生命更坚强》被陇南市委宣传部和市文联评为"抗震救灾优秀文学作品"。罗曼散文《云屏烟雨》发表于《散文选刊》，并获该刊百家散文优秀奖，后又被《读者》杂志乡村版转载。靳春岱的油画《不归的等待》在中央国家机关美术家协会主办，四川省委宣传部、省文联承办的四川省抗震救灾书画展中入围展出。这些在两当历史上都是前所未有的。

　　纵向比，和过去比，两当全县的文艺创作正蓬蓬勃勃地朝着一个空前活跃的态势向前发展。横向比，和陇南各县区比，两当的差距显而易见，主要是能产生重大社会影响，弘扬主旋律的优秀作品还没有出现。文学、书画创作小有收获；音乐、曲艺创作才刚刚起步；摄影、舞美创作人少势微；影视剧创作还处于空白。总之，全县的文艺创作和西（和）、礼（县）、成（县）、康（县）等文化大县相比，仍显发展缓慢。然而，两当也面临着文艺大发展、大繁荣的好环境，千载难逢的好机遇。我们坚信，两当的文艺工作者一定会不失时机，乘势而为，深入生活，艰苦创作，生产出更多更好的精神文化产品，为党和人民，为这个伟大的时代交上一份合格的答卷。

原载《开拓文学》

鱼池寺重修记

鱼池古寺，久远神奇。始建隋末，鼎盛于唐。越千年时空，传炎黄文化。古寺坐南朝北，建筑恢宏，雕刻精巧，凸显凝重肃穆。山丘环围古寺，林木沧桑葱郁。雪松葱茏映雕梁画栋；紫柏常青护翘角飞檐。修竹绕寺，野花溢香，山雀啁啾，彩蝶翩翩。既为神仙青睐处，定是风水藏龙地。据说当初建鱼池寺，原为敬奉尉迟敬德，取其谐音尉迟为鱼池。又说开山建寺时，当地一池水有鲤鱼现身，因此寺曰鱼池。传说古寺佛祖金身及十八罗汉皆请自蜀地峨眉，颇多神奇神秘，尽皆引人入胜。古寺兴旺鼎盛时期，聚僧道侍者百人。招四海信徒，引八方香客。

炎黄子孙，龙的传人，传统文化，根植心中。2004年，六月十九好日子，古寺破土重建，凤凰浴火重生。刘雄、陈德明、郭显峰等牵头主持，精心策划，竭尽全力，日夜操劳，一心造福于桑梓。陈俊、陈吉、陈贵有等能工巧匠，移花接木，凿木雕梁，造翘角飞檐；马龙、陈方、陈利强等丹青妙手，涂金抹银，画凤描龙，塑神灵圣像。四乡八村香客信众，捐款捐物，出力流汗，为寺庙重建添砖加瓦。至2015年6月19日财神殿完工，诸位神仙都请到。财神殿富丽辉煌，武关公威武肃立。财神降临，信众之福也。历十载寒暑，披三千日月。耗巨资百万，投劳工数千。集众贤之智慧，积信众之财力，古寺重建工程，终得圆满竣工。工程虽非艰巨浩大，也非轻而易举。此举尽显香客信众之虔诚。其事佛之诚意足以感天地，泣鬼神。凡参与重建者皆可留功德于当代，积荫福于后世。

值此吉日盛事，特书此文以记之。

火烧栈道

两当古时候有越秦岭，通巴蜀的古陈仓道的分支栈道经过县境南部的云屏、广金一带。云屏观音峡口的岩壁上至今留有古栈道的遗迹。拨开尘封的这条千年故道，呈现出异彩纷呈的传说和故事。据说刘邦当年退出咸阳入汉中时，火烧栈道烧的就是这条栈道，后来佯装修复的也是这条栈道。

据《史记·高祖本纪·集解》记载："公元前206年8月，汉高祖刘邦用韩信计，从故道境（今两当、凤县）返回关中，袭击项羽所封雍王章邯，两军战于陈仓。"上述史实说明，刘邦火烧栈道的故事和"明修栈道，暗度陈仓"的典故的确和两当南部的这条栈道息息相关。

公元前207年岁末，刘邦在谋臣张良等人的辅佐下，顺利攻占长安，秦王朝灭亡。进军关中前，刘邦曾和楚王有约，先攻入长安者为关中王。而灭秦后，项羽反悔，背弃前约。依谋士范增之言，在鸿门设宴，要杀掉刘邦。刘邦侥幸逃得性命，立即马不停蹄，人不解甲，日夜兼程南下汉中，并依张良之计火烧栈道。汉军将所过栈道走十里烧十里，走百里烧百里，烧掉了自秦岭出大散关从凤县温江寺入两当南部的云屏、广金至勉县、汉中的360里古栈道。楚军探马报知项羽，项羽听了哈哈大笑。心想，刘邦老儿终是怕我也。

实际上刘邦争夺中原的野心一刻也没有停止。刘邦据守汉中后，积极操练兵马，养精蓄锐，整修军备。经过数月休整后，便开始实施他重新争夺中原的计划。公元前206年5月，刘邦令曹参攻取下辨（成县）、故道（两当、凤县），为进军关中搭好了跳板。是年8月，刘邦采用韩信"明修栈道，暗度陈仓"之计，准备奇袭关中。他先令部将樊哙、周勃带少数兵马，佯装修复汉中、勉县至两当南部云屏、广金一带烧毁的古栈道，自己却和韩信亲率大军，绕道陈仓道的另一支秘密栈道，悄悄向关中门户陈仓进发。刘邦开始修复栈道时，有探马报知陈仓守将章邯："汉军正在修复烧毁的栈道，看样子要经栈道东进了。"章邯笑道："栈道三百多里，沿途尽是悬崖峭壁，烧起来容易，修起来却是万难。汉王既打算东进，当初又何必烧毁栈道，真是可笑之极！"因此，章邯安心坐守，一点也不加以防备。待到8月，第二次急报传来："汉军明里修复栈道，暗里已经绕道进抵陈仓。"章邯闻报大吃一惊，赶忙调集兵马出城迎敌。怎奈汉军养精蓄锐多日，加之对楚军积怨已深，遇着楚军好似猛虎下山，不管刀山火海，只管向前冲杀，只杀得章邯首尾难顾、节节败退。汉军乘胜追击，破陈仓，占关中，刘邦大获全胜，为其随后逐鹿中原，统一中国的千秋大业奠定了基础。

原载《两当史话》

心的呼唤

农历九月，重阳日近。本应是天高气爽之时，老天却阴沉着脸。一连多日阴雨绵绵。秋雨淅淅沥沥，下得人窒息，下得人心烦。此时，县工行的同志送来一套陇南青年诗人朱泉雨刚刚结集出版的诗文集。正是无聊郁闷之时，我便顺手翻阅起来。我对文学仅仅是爱好，尤其还不懂诗，不会写诗，更不知道陇南还有个青年诗人朱泉雨。当我粗略地读完朱泉雨《大风起兮》和《永远的家园》两本诗文集时，我被震撼了，真正的心灵的震撼！多日来郁闷烦躁的心情荡然无存，阴雨连绵的天空也好像突然明朗起来。激动之时，我真想大声疾呼，又不知呼唤什么，想写点什么又不知从何写起。

写什么呢？想写一篇洋洋洒洒的书评，只恨自己没有这样的天赋，况且陇南所有的名家几乎都已为此写了精美的评价文章，且仁者见仁，智者见智，无不新颖独特，妙语天成。

呼唤什么呢？我想呼唤的是朱泉雨诗文中早已呼唤的东西。他呼唤得生动传神、大胆有力。那是心的呼唤，热血的呼唤！

前面说过，我不懂诗，更不会写诗。我不是评说也不配评说泉雨诗文艺术水准的高低，或语言文字的优劣。我只是从做人的直觉和良心出发去欣赏他的诗文所表达的崇高意境，所袒露的真实心迹，所折射的人格魅力。请读泉雨古体诗《人生百年》：

"人生百年，须臾回还。挽不住一轮圆月，留下了万壑千山。多少英雄豪杰，大梦未醒骨已寒。堪笑酒池肉林，说什么万世千年，无非枯蒿一丛流萤一盏。多情总是你我，一爱敢渡千江水，一恨可越万重山。

飞纵海角天涯，根系黄土高原。唤太行惊雷，挟三晋闪电，挥洒风流此人寰。长相忆，父辈们，征战杀伐，火海刀山，何惧他。天倾西北地倾东南，只愿看，红旗猎猎，江山如画，知己常留天地间。"

我不懂诗，但读罢此诗，我的一腔热血也禁不住要向外喷涌。不知此诗和当今那些使人读来如云似雾似是而非的所谓"朦胧"诗相比，算不算得好诗？再读他的新诗《山乡》：

> 山乡的人迷恋着山乡的云，
> 山乡的云缭绕在山顶。
> 山顶的丛林里游弋着
> 山乡的风，
> 山乡的风送来花开的消息，
> 花开的消息激起麦浪声声。
> 麦浪声声呵惊起了蝉鸣。
> 蝉鸣的季节是如此撩人。

同样是新诗，泉雨的新诗却没有故弄玄虚的所谓"朦胧"和"高雅"。他用心的真诚向人们描绘倾诉自己对山乡田园风光的热恋，虽平淡自然，却情真意切，撩人心动。诗人泉雨对国事大事倾注了一腔热血，倾注了心的真诚，那么对亲情、友情又如何呢？请读他写给小妹朱聿琳的诗：

> 桑田忽倏变商海，
> 几多弱女踏浪来。
> 变换城市皆红颜，
> 焉能隔岸久徘徊。
> 胭红脂白昙花景，
> 娇姿芳容一夜衰。
> 离幻求真立大志，

安知尔妹成伟业。

还有接到父亲病逝的电信时，他写道：电波骤至，儿肠已断，飞车哭父八万里；秋雨如注，秦岭呜咽，悲情泪洒九重山。上述描写亲情的、友情的诗文，字里行间无不奏响着心的琴弦，无不透视出作者纯洁的心灵和对亲人的挚爱真情。

在泉雨诗文集的跋中，他写下这样一段文字："有了这次感悟，便少了刚入世时那种桀骜不驯，咄咄逼人的霸气，便对很早就启用的两个笔名'昆仑'和'大西北'产生了质疑。倒不是知道了山外有山，天外有天的道理学得谦虚了，而是觉得这两个词语太突出自我，强调自我，有一种唯我独尊，横扫一切的感觉。唯我即无他……假如世界上仅有'昆仑'，仅有'大西北'，那世界将会是一种什么模样？"作者这段勇敢剖析自己的文字，对一切桀骜不驯，唯我独尊，但还稍有良知的人，是否足以起到震醒和启迪的作用？

在当今中国部分人的灵魂被扭曲，人生观、价值观被混淆颠倒的社会现实下，泉雨的诗文（包括艺术和思想两个方面）不受一切世俗的左右，不计较个人的利害得失，勇敢地拿起笔，用心呼唤道德的回归，呼唤自然的回归，呼唤正义的回归。啊！时代多么需要这样的呼唤，人民多么需要这样的呼唤——心的呼唤。

原载《陇南日报》

习书做事立德

在认识陈德明先生之前，我首先认识了他的字。那还是多年前，在我主编县办文艺刊物《红叶》杂志时，作者送来他的一幅字，书的是李白的"床前明月光，疑是地上霜"那首诗。当时我还不认识德明先生为何人，但那幅字给我留下了很深的印象：飘逸、流畅、端庄、隽秀，稚气之中透着冥冥的灵气。说实话，我很喜欢那幅字，隽秀飘逸，随之发表在《红叶》杂志创刊号上。

真正认识德明先生本人之后，令我首先欣赏的是他做事做人的品格。他一米八零的个头，壮实魁梧，一张棱角分明的脸，一双有神的眼睛表露出他坚毅的性格和对人对事的执着和真诚。看他漫步街巷的背影像是一座岩石铸就的大山，透视出西北男人特有的阳刚之气。生活中的他热情、浪漫、幽默；工作中的他勤奋、严谨、执着。德明先生协调组织能力和社交能力特强，他不花国家一分钱，靠拉赞助组织县内书法爱好者开展各类文化交流活动和送书法下乡活动，有时候甚至自己掏腰包组织县书协的活动。我觉得德明先生习书做事的功绩，不在于自己的书法水平有了多高的长进，取得了多大的成绩，而是凭着他光明磊落、热情执着的品格，团结培养了一批书法人才，促进了两当书法事业的繁荣与发展，为两当文化建设做出了不可磨灭的贡献。德明先生还是一个非常热爱生活，非常乐于助人的人。他有会开车的一技之长，平时同事、朋友们，无论谁有了困难，他都是随叫随到，无偿为大家提供服务。厚德载物，天道酬勤。德明先生为人做事的品格，在两当文化圈享有很高的人气，得到了大家的一致认可。因而他荣幸地当选为两当县书法家协会第一任主席。

德明先生出生于山清水秀的陇南山乡一个普通农家。父亲是一个地道的农民，粗识字，却心灵手巧，会木匠的手艺，能修房造屋，雕梁画栋，且刻得一手好字。其父一生乐善好施，尊文崇孝，重耕读传家。德明先生虽然只有高中文化，但自小就爱写毛笔字，对书法情有独钟。他非常有灵性、有悟性，凡事一点就通，属于心有灵犀一点通的那类人。这是否与承袭了祖上积德行善的荫福有关？是否与吸纳了陇南山水的钟灵毓秀有关？抑或是陇南那三千年文化底蕴的熏陶？

回头再说德明先生的书法。经过多年的潜心研习，勤学苦练，他的书艺已经有了很大的进步，作品多次入选省市级书法展览。人常说文如其人，字如其人。他的字和他的人一样，光明磊落洒脱而大气。坚毅中有隽秀，浪漫中显飘逸。有时如龙腾天宇，有时如凤展九州。有行草的空灵，有隶篆的印痕。虚实结合，刚柔相济，龙飞凤舞，自成一体。他从不人云亦云，亦不追随大家流派。走自己的路，优劣任人评说。我特别欣赏德明先生这种习书从艺的风格。天下的路都是人走出来的，为什么一定要走别人走过的路呢？赏读德明先生的书作让我有了以下的感受：他的作品是文心与诗意的契合，是知识与灵智的玉成。

书画艺术和文学一样是心灵的艺术。书法是诗与画的融合，是动与静的融合，是人的心灵与气象万千的大自然的融合，因而他的书作是诗意的。字中有诗，书中有画。在字里行间能看到花开花落，能看到莺飞草长，能看到行云流水，能感受到"飞流直下三千尺，疑是银河落九天"的那种豪迈气势和浪漫意境的诗意美。

他的书作又是形意的，字中有形，书中有物。在字里行间能看到出海的龙，上山的虎，能看到翱翔的雄鹰，舞动的人群，能看到静的山，动的水，能感受到"动如蛟龙，静如山岳"的那种鲜活生动和形神兼备的形态美。

总之，赏读他的书作是一种极美的心灵享受。

德明先生是两当书坛的后起之秀，是深陷书海苦作舟的年轻一代苦行僧。他的书艺还不是炉火纯青，某些作品还显稚嫩，还有瑕疵。希望在时间与汗水的磨炼中，能看到德明先生的书艺有更扎实、更长足的长进，青出于蓝而胜于蓝。

玫瑰梦之恋

五月，是鲜花盛开的季节，也是酝酿着诗意和梦的季节。

五月，去乔河村看玫瑰，看我梦中的玫瑰。

第一次去看玫瑰，玫瑰正含苞待放。第二次看玫瑰，迟去了几天，花已经败了。只有沁人心脾的那种丝丝清香，似乎还留在玫瑰园的青枝绿叶间。第三次是在梦中：湛蓝的天空下，晨曦染红了薄云，晨露打湿了衣裤。我游弋在乔河村的数百亩玫瑰园中，看层层梯田展翠，品颗颗露珠晶莹，赏片片花海激滟，闻阵阵花香扑鼻。玫瑰花浓郁的清香随风飘散，醉了山水，醉了草木，醉了农人的心。那花香也醉了我的心，醉了我的梦。

玫瑰花是幸福美好的象征。一朵玫瑰花送给心爱的人，是对爱的一心一意的表白；九十九朵玫瑰花送给心爱的人，是对爱的一生一世的承诺。

五百亩玫瑰种植园，是否有九十九亿九千九百九十九万朵玫瑰花呈现在乔河村人的面前，那将是一种怎样的富有轰动效应的幸福情景呢！

五月二十日，我真正去了乔河村的玫瑰种植园之后，我便时常在心里生出这样的假设。不，这不是假设。习总书记都说过，绿水青山就是金山银山。绿水青山那是大自然赐予人类的一个取之不尽，用之不竭的聚宝盆。生态美，美了乔河，富了乡亲。乔河村人在土地流转后，除获得固定的土地租金外，还可去玫瑰园务工，每年获得额外的务工收入40.8万元，户均0.8万元。玫瑰园，乔河人的致富园，美梦园。

初夏时节，明媚的阳光下，浓郁的玫瑰花香充溢在早晨的徐徐清风中，充斥在我的鼻翼中。我醉了，真的醉了！我醉在鲜花盛开的玫瑰园里，醉梦着对玫瑰花的深深爱恋，醉梦着对美丽乡村的无限遐想。在花香微醺的沉醉中我挪不动脚步了。此刻，我宁愿化作一掬足下的黄土，与玫瑰花海同生，与玫瑰花海同在。

醉梦中，一阵疾风吹来，卷起飘落在地的粉红色玫瑰花瓣，漫天飞舞起来，犹如一场粉红色的花雨，纷纷扬扬地洒向田野，洒向徜徉在玫瑰花海中的游人。突然，那漫天飞舞的玫瑰花瓣又变成了一瓶瓶包装精美的玫瑰露、玫瑰油和玫瑰香料，潇洒地走进城市的超市、商场。之后，那漫天飞舞的玫瑰花瓣又变成了一张张红彤彤的人民币飘洒到乔河村的家家户户……

在我醉态的恍惚中，一座青山环绕的村庄，一座鲜花簇拥的村庄，一座溪水潺潺的村庄出现在我的面前。湿地公园围村，绿树红花点缀；小桥流水人家，亭台廊桥曲径；乡村舞台唱戏，文化广场歌欢。这是梦吗？不，这不是梦，是实实在在的美丽乡村乔河。

晨曦里，一位村姑赶着一群放养的生态猪，唱着抒情甜美的《牧羊曲》，一群大妈跳着《一路歌唱》的广场舞。夕阳下，一位打工归来的游子哼唱着《你是我的玫瑰花》，面对着日新月异，叠翠染彩的村庄，抑制不住脸上激动的喜悦。远方的客人唱着《相约两当》，相聚在美丽乔河那玫瑰花盛开的地方。暮色中，是谁的笛子吹奏着悠扬婉转，热情奔放的《牧民新歌》，惊醒了我沉醉已久的"玫瑰梦之恋"。

山坡上，玫瑰花烂漫，如血似火。乔河村的年轻一代，伴着《青春飞扬》的舞曲，伴着玫瑰花香，行进在通往精准脱贫的《阳光路上》。

"玫瑰梦之恋"，那是我梦中的恋歌，也是乔河人心中的恋歌。

原载《广香河》

一朵醉人的山花

　　近来，我有幸目睹出自两当本土作者——苏宝珊先生之手的长篇小说《红罂花·白罂花》（以下简称《红罂花》）的书稿，实为一大快事，不啻像闷热盛夏里吹来的一缕清风，令人为之倍感振奋。翻开第一页，禁不住想看第二页、第三页……约70万字的书稿，我几乎是一口气读完。掩卷之余，我被这部书稿深深感动了。《红罂花》一书选材独特，立意精巧，加上传奇的故事，鲜活的人物，精彩生动的语言描述，使得这部小说显得娇美倩雅，丰腴诱人，实在是一部不可多得的可读性、艺术性相得益彰的好小说。捧卷在手，令人不可不读，读过之后胸中块垒噎喉，些许管见，又令人不可不说。

　　作者的选材是很独特的，他紧紧抓住了具有陇南山乡特色的民风民俗，围绕大烟土、茶叶、美丽的少女等线索，通过李满囤、天成父子由穷变富，继而暴富的故事，以物喻人，以人托物，将人与物，人与自然描写得浑然一体。西秦岭绵延百里重叠的大山里，有着遮天蔽日望不到尽头的原始森林；一尘不染清澈透亮的山泉溪水；红白相间娇艳诱人的罂粟花。还有繁华的碧玉镇、神秘的钻猫沟、强悍的山贼土匪、诡异的老坟神碑、威严的王家豪宅、诱人的烟桃子、恬静的月儿潭、古老的寡妇磨、美丽的乡村女子、暴发的杀猪匠、狡诈的烟贩子等形形色色的事物、人物，编织出大山深处杏花村一幕幕看似荒诞不经，实为真实可信的悲喜剧，让人深刻地感受到这个看似恬静、美丽、诱人的杏花村，并不是一个与世无争的"桃花源"。在清末民初那段远去的岁月里，在这个弹丸之地的杏花村，围绕着栽种罂粟、贩卖大烟土而演绎出金钱梦、王家威、土匪患、神鬼戏、血泪恋、情欲劫、连环计等一幕幕曲折离奇的传奇故事，扣人心弦，引人入胜。作者独具匠心的选材，不仅为小说中各色人物的充分演绎搭建起一座广阔的平台，更为主题的开掘和深化提供了自由描绘的一方天地。山里的杏花村和山外的碧玉镇那黑白两道、官匪一家的复杂背景和地域色彩给这部小说的进一步展开留下了许多的活扣，更为这部小说的成功奠定了坚实的基础。

《红罂花》的主题立意构思精巧，别具一格，堪称思想性和艺术性的完美结合。作者完全摒弃了 20 世纪 70 年代以来，文艺作品形成的那种"高大全、假大空"的创作模式，在《红罂花》的创作中，力求接近生活，深入地挖掘生活，真实地表现生活，贵在求真、求实、求新的精神是难能可贵的。

通篇读完《红罂花》之后，使人久久沉浸在小说描述的故事情节中难以自拔，给人一种"似遥远、似眼前；似美丽、似丑陋；似善良、似邪恶；似真实、似虚幻"的感觉，就像杏花村那满坡满湾的红罂花、白罂花一样，既娇美诱人又丑陋邪恶。以小说中的两位主人公李满囤、天成为例：李满囤有本分、猥琐、豪爽、仗义的一面，又有吃喝嫖赌、撒泼装赖耍小聪明的一面；天成原本单纯、善良、正直、勇敢、嫉恶如仇，在生活的磨难和社会的大染缸中，又变得十分自私、阴毒和贪婪，最后摇身一变成为王家豪宅的主人。事实上在生活中，每个人都有他的两重性格。人不是天生本恶，也不是天生本善；好人不是白玉无瑕，坏人也不是一无是处；也许这就是人性的真实，更是生活的真实。《红罂花》一书好就好在真实地描写了人性，艺术地表现了人性的真实，并将这种人性的真实和善恶，淋漓尽致地展现在读者的面前，读来不禁心生淡淡的忧悒和深深的感慨。一位评论者曾对此有过这样一段精彩的描述："在杏花村这个美丽的一方水土上，既产生着摄人魂魄的美，也产生着邪恶如魔的丑……美丽也许是永恒的，但丑恶未必能彻底消亡。美丽和丑恶就像楚楚动人的罂花和隐藏于她骨子里的毒汁一样，与生俱来，孪生共存。"我想，这也许正是《红罂花》所要表现的主题立意，并通过引人入胜，繁复曲折的故事情节，鲜活灵动的人物群像，将山高皇帝远的乡村重镇里世象之奇伟之瑰怪，人生之无常之大观，浓缩于险远偏僻又畸形奢华的村镇里。作者大胆精巧的构思立意，为小说《红罂花》之大厦搭起了一座别具一格的主体框架，翘角飞檐，巧夺天工，如同书中王家豪宅一样曲径通幽，别有洞天。

一部小说有了好的选材和立意，还要有好的故事和人物去"填充"，去"装修"。《红罂花》中一串串好听好看、曲折离奇的故事，一个个活脱脱性格各异的人物，读来打动人心、感动天地，情泣鬼神，让人可叹、可悲、可歌、可泣。书中的人和事似在远去的岁月，又似现实当中；似在意料之外，又在情理之中。现将主要故事情节略述如下：翠翠母子钻猫沟遇劫，李满囤路见不平拔刀相助，惊走山贼；小天成初生牛犊不怕虎，尿洒王家老坟御赐神碑惹下大祸，办道场跪碑赔罪心添仇恨；土匪夜袭杏花村，满囤和天成带领众人赶走土匪，保得一方平安；李满囤巧使心计，贾半仙作法弄神，李满囤成为村人眼红的包种烟桃子的新主人；白胖老客的寡廉鲜耻，胡管家的冷漠绝情，世俗的风刀霜剑，使风骚漂亮、人见人爱的山村少妇金盏，深夜殒命臭水塘；李满囤种大烟一夜暴富，贪恋酒色，挥金如土，最终中人圈套，魂断翠香楼；天成巧借给满囤办后事之机，在钻猫沟偷梁换柱，杏花村重葬亲父；天成与秀秀天造地设的一对良缘，但终是有缘无分，一朵尚未盛开的鲜花陨落于滔天洪水中；杏儿和天成情浓似火，然而一把大火烧毁了编织已久的青春好梦，最终使杏儿携带着被烈火烧得体无完肤的儿子春儿，恨别杏花村远走他乡；天成城府深沉，巧使连环毒计，致使三姨太香消玉殒命丧黄泉。后来又借王家老坟掘墓盗宝之机，神不知鬼不觉地巧报杀父之仇。最后王家豪宅变李宅——"总把新桃换旧符"。但香琪的到来，二姨太的迎娶又让人堕入新的迷雾中，让人欲罢不能了。

除了上述故事中涉及的性格鲜明的主要人物外，其他如胡管家的奸诈、周先生的斯文、来旺的霸气、歪脖子的刁钻、萝卜花七爹的怪异、大虎的粗野、五盛的精明、黑蛋的噩运、贾半仙的无奈、陈大牙的阴毒、张巡管的圆滑、麦花的善良、枣花的倔强、巧妹的刁蛮、翠翠的软弱；更有杏儿的温柔驯服、杏花的心高气傲、金盏的风骚泼辣、三姨太的柔情似水、香琪的深藏不露等几十位形形色色的人物，个个鲜活灵动，各有千秋，令人过目难忘。

看到这一个个鲜活得须毛毕见的人物形象，我不禁叹服作者驾驭故事与人物的娴熟手法。他在不显山不露水中将人物融化进巧妙的故事情节中，反过来又用鲜活的人物来强化和推动故事的发展和深化，达到了水乳交融的境界，并互为表里，相辅相成，使他所设置的故事情节像绿叶一样衬托出了人物的鲜活瑰丽。例如，金盏的死、杏花的死、秀秀的死，各有各的死法，既令人大出意外，又在情理之中，看不出生硬的人工斧凿的痕迹。这些众多奇特的故事情节和鲜活生动的人物形象，为《红罂花》之大厦进行了扎实的"内装修"，使得整部小说有骨有肉，羽翼丰满，更使众多人物性格发展完善的轨迹鲜明清晰，给人留下了深刻的印象。

展读《红罂花》，我十分钦佩和叹服作者那优美而隽永的语言功力，而这种优美的语言在如今被庸俗化的书稿中已不多见了。小说中精彩生动的语言描述，是又一道亮丽的风景，读来赏心悦目，犹如缕缕春风拂面，是一种极美的心灵享受。

而且，这种优美而隽永的语言，第一类是作者自己在叙述过程中的语言。例如："半夜里，寂静的山坳中蓦地'沙沙沙'溜过一股凉爽的夜风，轻柔的一掠而过。不多时，一阵烈似一阵，一阵紧似一阵，'呼呼啦啦'吹刮而来，倏忽间那风势就愈刮愈烈，越吹越猛。最后竟宛如排山倒海之势，'呼呼隆隆'豕突狼奔扫荡而来，那山梁沟壑里的树林竹丛，就像开水锅似'哗哗啦啦'沸腾喧嚣起来……"写得清新鲜活如散文般的语言，细腻形象地渲染烘托出"山雨欲来风满楼"的气势；有时候这种叙述语言是以人喻物的："随着树枝的'哗啦'摇动声，金盏桃花鱼儿般闪身从灌木丛中一头钻游了出来……轻盈地扭着水蛇腰走了……"有时候又是将物拟人化的："起初那乍起的夜风，只是一小溜一小溜如山贼一样蹑手蹑脚，轻轻地从窗外溜达而来，撩弄得破旧的窗纸'沙沙'颤抖呻吟着，又慌里慌张地掉头逃遁远去了。不一会儿，远遁的夜风又折回身来，像一伙胆大包天的强盗一样，呜呜呼啸着从屋脊上'呼呼啦啦'飞腾而过……"有时候这种叙述语言又与方言相结合写得雅俗共赏，十分鲜活："有人远远站在村口上，一不小心夹憋不住放出个蔫楚楚的臭屁，顷刻之间，全村人的鼻孔边就立竿见影地嗅闻到了一股子酸臭烘烘的屁腥气儿……"有时候语言中又带有古香古色、半文半白的雅致。例如第十七章中的两篇祭文，写得十分精彩。第二类是人物的对话语言，既有通俗，甚至低俗的俚语俗话，又有儒雅的精致文采。比如，李满囤一梗脖颈，泼口吼骂："我姓李的不过是烂命一条，早死晚死一个球样！砍了脑壳不过碗大的疤！""你这贼婆娘，不会说话，就夹住×嘴滚一边去！"（来旺语）、"这雷击坊角，神主显灵等不祥之兆，皆应在那娃儿便溺御赐神碑之事上。"（贾半仙语）像这样的语言不胜枚举，既凸现出人物的个性性格，又符合人物各自不同的身份特征。

总之，作者的语言丰富而多彩，细腻而雅致，他的语感节奏是斩截的、跳跃的、智性的，属于一种抒情的话语，于是叠句、排句、双关语、象征语俯拾即是。小说中作者的语言风格大多如此，可见他在语言上下过很大的功夫，充分体现了作者既有深厚的生活积累，又有极高的艺术修养，并从现实生活汲取养分，结合自己对生活、对现实的独特体味和思索，通过多年的写作，方锻造出富有自己独特视角、独特个性的语言功力。这种功力对作者而言的确不是一朝一夕的事，而是多年的心血积累，久经写作磨砺而形成的。

对作者这种细腻而传神的语言，有人也许会认为是啰唆累赘，对此我不敢苟同。我认为作者通过用细腻而富有激情，更富有文采的语言，不厌其烦地描写渲染出杏花村、碧玉镇那特色突显的场境氛围，产生出让人看得见、摸得着，甚至能从字里行间闻到花草的芬芳和泥土的甜腥味的艺术效果，实属不易，并且将这种氛围完美地与杏花村、碧玉镇优美诡异的景色，天衣无缝地相结合、相融洽，足以说明作者深厚的艺术功力和驾驭语言的能力。这种独特语言是作者自己所特有的，这种韵味和特色是有别于其他作家的重要标志，更说明作者的这种尝试是比较成功的。作者精彩生动、活灵活现的语言描述，为《红罂花》之大厦进行了精巧的"外装饰"，披上了一件娇艳倩丽的外衣，使这朵清新的山花更加鲜艳夺目，妩媚动人了。

阅读这部书稿，给我留下最深印象的是作者大气而细腻的心理描写。也许按照时下时髦的写法，作者应当省略隐去大段的心理描写，更为简单讨巧些，但是作者并没走这个捷径，而是循序渐进不惜笔墨地进行了大段的心理描述，使人物形象更显得有血有肉，既有其清晰可见的心路历程，又使人物的性格发展有了合理入情、坚实可信的基础，更赋予了人物感人至深的艺术感染力，使人物形象锦上添花，更加光彩照人了。作者看似费力不讨好的心理描写，其实更是大巧若拙的精心构思。若是没有对生活对人生有着刻骨铭心的体验和反思，断乎写不出如此具有艺术价值、发人深思的人生感悟。

作者不仅用大量的心理描写来抒发人物对现实生活的感慨觉悟，而且通过算命先生之口，抒发了对生命价值的诸多感悟，读来令人感慨不已。更重要的是那贫瘠山崖上盛开着充满野性、富有人性光芒的花草，散发着对生命、对命运不屈不挠追求的馨香。另一方面，作者似乎深悟出地域性对一部小说作品赋予的内在价值，他在书稿伊始就点写出杏花村的三大特产：大烟土、龙井茶和美丽的女子，这使我想起两当近邻陕西凤翔历史上著名的"三出手"（意为拿出手），即为女子白嫩的纤手，香醇的西凤酒、婆娑的东湖柳。据说陆放翁之《钗头凤》一词，与陆唐爱情无关，实为描写凤翔的"三出手"，这让我联想到同为秦岭东西山麓的陕甘两地，在某些风俗民情上有相通相像之处。我更想说的是陇南这片雄奇而美丽的沃土，的确是陇原大地上的一枝奇葩，它既有北国粗犷雄浑之奇，又兼南国水乡清雅灵秀之美。且不说那重重叠叠的崇山峻岭，遮天蔽日的老树丛林，纵横流淌于沟涧的条条溪流，仅是那葱茏的茶树、娇艳的罂花、美丽的女子、粗犷的号子、清雅的山歌小调，还有那苞谷酿造的水酒、清香醉人的罐罐茶以及莽莽苍苍的林海山潮、朦胧飘曳的山雾、阴晴无常的风雨……这一切都说明了一点，陇南，只有陇南这片神奇的土地上，才能孕育出凄美灵动又不失大气神奇的故事——它既有别于长烟落日的北国荒漠，又有别于小家碧玉似的南国水乡；它既有灵秀柔美的一面，也有粗犷豪放的一面；这也许是我从这部小说中读出的弦外之音吧。

原载《广香河》

文脉韵致磁器口

历史的风轻轻地吹拂着磁器口古镇，那条青石板铺就的窄窄的街道，吹拂着老墙、旧屋和故人，吹拂着铁树、茶花和古井，吹拂着古老的翰林书院，古色古香的茶馆，古朴典雅的牌坊匾额，以及徐悲鸿、郭沫若等文化名人漂泊流离的身影，或者还有民国名媛蒋碧微妩媚飘逸的长发随长风在古镇飘过……这些幽深久远、古朴雅致的画面，仿佛穿越时空回到了一个多世纪前的时光里，让人顿悟，在我们日常而平凡的生活里，是否还有许多曼妙而柔软的细节，平淡而雅致的风景在走过的脚步中被不经意间忽略了。

古风文韵轻吹慢揉着磁器口，拂去历史烟尘，青了园里草，绿了街边树，红了巷内花。茶馆里摆龙门阵的声情并茂、风趣幽默地讲述着，抗战时期的老重庆和日寇敌特斗智斗勇的奇闻轶事。川妹子甜美婉转的小曲声，时不时地萦绕于耳边。街头艺人正在表演着川剧绝活"变脸"，引来阵阵喝彩声。古风轻拂，文韵氤氲。

磁器口和蓉城的宽窄巷一样的有名气。也许在一些人看来，磁器口很小，小到只有窄窄的一条长街，浅浅的几处小巷。可于另一些人而言，磁器口很大，大到幽深久远，目不可测。当然是文脉蕴存的久远。一条古老的青石板长街上，鳞次栉比的茶馆、商铺，络绎不绝的人流，雅俗共赏的人文风景，这些虽然是古镇的一部分，但远非磁器口的全部和本质。那么磁器口到底蕴涵了多少文脉精彩，隐藏了多少虽然久远却依然鲜活韵致的风景呢？

要找寻磁器口的文脉精彩，首先得说到翰林书院，现在称翰林茶园。隐藏于街口处的小巷中，稍不留意就会被匆匆而过的游人省略掉了。这个去处有点像老电影中的一个场景。巷子里一处仅为半爿天井的小院，一张长方桌，几把竹躺椅，一把小铜壶，桌上摆着几只老旧的陶瓷茶杯。慵懒的睡莲，馥郁的丹桂和棕竹、茶花等盆栽随意摆放其中。一只老花猫在正午阳光下的窗台上酣睡……一切无不渗透着岁月沉淀下的沧桑冷清韵味。寂寞冷清的小院，几乎隔开了外界的热闹和喧嚣，让人觉得这不是在都市，这就是川东乡间的一处普通民居。

翰林茶园，不仅仅是因为它幽静的环境受到人们的留恋，也不仅仅是巴渝民居那种传统实用的种种流畅、简洁的细节，比如长山檐、方天井、雕花门、圆月窗等尚保存完整，风韵悠然，而是从它沉淀的时光里流露出来的儒雅厚重的历史韵味才是更受游人喜爱的。这处寂寞冷清的小院，是重庆主城区仅有的唯一保留下来的古代私塾旧址。有名的为磁器口人熟知的"一门三举子，五里两翰林"的故事就发生在这里。而这里就是寻找磁器口精彩文脉的泉眼。话说清代的磁器口人孙文治，幼年时从其堂叔孙珏就读，因多次乡试而未中，便开了这家私塾教徒授课。后在此就读的本家弟子孙文煦、孙文杰双双考中举人，加之早年中举的孙珏，磁器口孙家一门高中三个举人，颇受人们尊敬。此后，磁器口人黄钟英考中进士授翰林院编修，官至监察御史；沙坪坝人段大章考中进士授翰林院编修，官至甘肃布政使。一家私塾竟然教出了三个举人，两个翰林，足可见其师德之高尚，治学之严谨，在当时深受世人敬仰，传为佳话美谈。这家私塾也被后人尊称为翰林书院。这仅是磁器口精彩的文脉韵致之一斑。

磁器口是姹紫嫣红的。冬初，桂花刚刚谢幕，茶花就绽开它那娇妍的笑脸。春有红梅夏杜鹃，秋香金桂冬茶花。四季皆是春的韵致，花的世界，然而，磁器口的文脉韵致之花才是最受文人墨客青睐的。据资料显示，仅抗战时期就有郭沫若、徐悲鸿、丰子恺、蒋碧微等二十多位文化名人漂泊生活在磁器口。他们拿起手中的笔与日寇作战，为民族立魂，留下了许多佳话轶事。民国名媛蒋碧微就是其中一位，她把一段惊世骇俗的爱情故事留在了磁器口。

　　民国时期是中国女性第一次挣脱束缚，拥抱自由的时代，也是一个盛产名媛的时代。所谓名媛，即名女人。她们美丽优雅，才华出众，家世显赫，品位超然。蒋碧微就是当时的名媛之一。蒋碧微是徐悲鸿的第二位夫人，名棠珍，字书楣，知名的传记作家。抗战时期，她在磁器口四川省立教育学院工作，并久居于此。翻阅她写下的回忆磁器口的文字，不得不扼腕叹息，像她这样参透人性，悟透爱情真义的女人，但到了也没有给自己留下一个完整的爱情。蒋碧微的人生中，有两大惊世抉择，一次是为了爱与徐悲鸿私奔，另一次是为了爱与徐悲鸿离婚。真可谓是爱也倾城，恨也倾城。

　　蒋碧微与徐悲鸿相识时，徐已婚配，而她自己也由父母做主许了婚约。蒋、徐二人却互相爱慕，一见钟情。1917 年 5 月，蒋碧微瞒着父母，毅然决然随徐悲鸿偷偷私奔，乘船远走日本。后又辗转赴法留学。出身富家千金的蒋碧微和徐悲鸿在法国期间，备受颠沛流离之苦，饱尝了生活的清贫艰辛之味，而她却始终没有怨言。1927 年回国后，徐悲鸿受聘于南京中央大学任教，蒋碧微亦随徐去南京生活。在此期间，徐悲鸿却移情别恋，爱上了他的学生孙多慈。蒋碧微受此打击，愠怒至极，加之在性格、志趣等生活方式上和徐悲鸿存在的差异，因而和徐的夫妻感情渐渐淡薄疏远，形同陌路。抗战爆发后，蒋碧微来到重庆先在北碚的复旦大学任教，后又应聘磁器口的四川省立教育学院教授法语。1945 年，蒋碧微和徐悲鸿在磁器口正式离婚。至此，这段爱也倾城、恨也倾城的爱情悲喜剧终于落下了帷幕。纵观蒋、徐二人这段惊世骇俗的爱情，让人唏嘘不已，是可叹，亦可悲。这也正应了苏轼词中的那句话"人有悲欢离合，月有阴晴圆缺，此事古难全。但愿人长久，千里共婵娟"。

原载《甘肃日报·百花》

秋染桦林说广旭

深秋的桦林村，金风和煦，黄菊盛开，绿漫山岭，红染桦林。黄与黄相倚，红与绿相映，层林尽染如画，风景这边独好。

此时，在桦林村的坡坡岭岭上，梁梁弯弯里，奔波忙碌着一个扶贫干部的年轻身影。他在延伸着绿色的蓬勃与广袤，他在涂染着红色的火热与坚强。他走村串户，顶风沐雨，汗水打湿了他走过的弯弯山道，深情留在了他帮扶过的贫困户心中。他就是陇南市信息化办公室派驻两当县金洞乡桦林村的第一书记田广旭。

田广旭，一个四十多岁的中年男人，高高的个子，宽宽的肩膀，浓眉毛，大眼睛，高鼻梁，眉宇间自然而然透露出坚毅自信的神采。看他走路的背影，如同一座石垒铁铸的大山。2017 年 9 月，田广旭由市直机关来到桦林村下乡扶贫，担任第一书记。他深知"使命光荣，责任重大"，暗暗下定决心，一定要踏踏实实，努力工作，不负组织重托，不负群众期望。下乡伊始，田广旭就在村支书骆媛媛的陪同下，马不停蹄，脚不沾地地走村入户，访民情，察村情，做到底子清，心中明。他上梁下沟，爬坡过坎，从田间地头到院落炕头，嘘寒问暖，访贫问苦。大到致富产业，小到柴米油盐。老人有病是否得到及时治疗？孩子上学经济上有啥困难？都是他关心了解的事情。有时和村民拉家常，一聊就是大半夜。看见村民干活，他便帮着一起干，走到谁家碰上人家开饭了，他也不客气端上碗就吃。半个月下来，田广旭走遍了散布在深沟坡梁上的全村 34 户人家。渐渐地他和村民熟悉了，心近了，情深了，村民有啥话也都愿意和他们的第一书记说道。经过一段时间深入细致地调查了解，田广旭基本掌握了桦林村的民情、村情。虽然建档立卡的 14 户贫困户已基本实现脱贫，但仍有 10 户低保户，3 户五保户和 8 名残疾人的生活还十分困难，因病返贫的问题也比较严重。田广旭把这些情况逐户逐人地详细地记在笔记本上，也牢牢地记在了心里。

2018 年，桦林村的春天来得格外早。在春寒料峭中，绝大多数草木还没有睡醒，遍布沟坡的迎春花却早早地开放了。一丛丛金黄金黄的迎春花，在早春的山野里黄得亮眼，黄得让人心醉。迎春花送来春的信息和美丽，送来了明天的希望和美好。

春节刚过完，田广旭便踏着春寒，赶着春风，风尘仆仆地来到了他驻村扶贫的桦林村，村上有许多大事等着他去办。在原单位的帮助下，筹集资金 38 万余元，为 26 户村民改造了危房；为何军、杨小东、刘邦体等 3 户村民硬化院落 240 平方米；为杨国兵、杨广才、杨晓金等 3 户村民硬化了室内面积 295 平方米；美化亮化了村民的居住环境。他又自筹资金 1800 元，为 10 户村民解决了吃水的困难，而后又积极和电信局协商，投资 21600 元，实现了全村的 Wi-Fi 全覆盖，解决了 28 户村民的 200M 宽带入户问题，保证了偏僻山村现代信息资源的畅通共享。为了桦林村的全面脱贫和长远发展，田广旭和村两委成员经过充分协商，并经村民代表会议讨论决定，在巩固提高过去土蜂、土鸡等养殖产业的基础上，进一步发展花椒、中药材等经济作物种植。2018 年全村新栽种花椒 200 亩，新栽柴胡等中药材 60 亩，为村民打开了产业脱贫的新思路。

冬天到了，在高寒阴湿的桦林村，一夜风雪过后，银装素裹，天寒地冻，风刮在脸上像刀割一样。有的困难户还没准备好过冬的衣物。田广旭看在眼里，急在心里。他作为第一书记，又像一位慈祥的母亲，儿女们的饥饱冷暖时时都装在他的心中。他想方设法筹集了 7500 元资金，为特困户和残疾人买来棉衣、棉鞋等取暖过冬用品，一一送上门去。他发现老党员吴有有患重病在床，家人不在身边，他便和村支书骆媛媛连夜联系家人将病人及时送往医院治疗。当得知村民陈世龙老人患脑出血住院的消息，田广旭多次去医院看望慰问，了解病情，还拿出 1000 元钱为老人治病。当老人病情缓解，需转院治疗时，他又和村支书骆媛媛四处奔波，为老人筹措路费和医疗费，并协调解决了大病救助事宜。当了解到村民杨晓金上有常年身体不好需要侍候的八旬老人，还有一个女儿正上中学，家中经济拮据，生活困难时，田广旭当即掏出 200 元，为其解决了生活上的急需，并决定资助其女杨海娟直到高中毕业。在入户走访时，他发现贫困户刘邦体、陈明忠等户，至今家徒四壁，屋里连一件像样的家具都没有时，田广旭的心情十分沉重。他和村支书骆媛媛连夜召开村组干部会议，讨论解决办法，设法筹集资金。第二天就派人进城为这几户村民，统一购置了几样适用的新家具，配送安装到户，他才放下了心。看到残疾人胡中元行动不便，他便和驻村工作队员一起去胡中元家，为他打扫卫生，清洗被褥，并送上新买的床单被套，亲手为他换上。看到干净整洁，焕然一新的家，胡中元幸福地笑了，他拉着田广旭的手，激动得不知说什么好。田广旭虽然不是他们的亲人，但是他的所作所为就是亲人，胜似亲人啊！田广旭就是这样一位有责任，敢担当，用真心扶贫，用真情扶贫的第一书记。

春天来了，桦林村的又一个春天来了。先是金黄色的迎春花开了，接着是深红的桃花、粉红的杏花、雪白的梨花。新栽的花椒也开花了，嫁接的核桃挂果了，散养的土鸡上市了。桦林村的春天是五彩缤纷的，桦林村的春天是万紫千红的。

狼牙花飘香的时候

　　过了立夏的节气，西秦岭南麓的两当，几乎在一夜之间褪去了春的羞涩和稚嫩，有了夏的热烈和潇洒。此时，刺玫红似火，狼牙花如雪；鸟依清溪唱，蜂绕花蕊飞。农人忙着夏锄夏种，燕子忙着筑巢垒窝，蜜蜂忙着采花酿蜜。田野里蜜蜂飞舞，屋檐下燕语呢喃，山梁上号子声声。

　　在这百花争艳、热闹非凡的季节，遍布沟坡的狼牙刺花也悄悄开放了。细碎的米粒般大小的白色花朵密密匝匝地挤在一起，像雪花那样随意地飘洒在枝叶灌丛间、山坡沟壑间，营造出一片静静的雪白景象。它像一位温柔静美的村姑，平凡普通却香气四溢。轻风吹过，空气中便弥漫着一股狼牙刺花特有的香味，似有刺槐的清香，又有桂花的馥郁。养蜂人闻惯了这种花香的味道，即使在千里之遥，仿佛也能嗅到狼牙刺花那种特有的香味。

　　梧桐能招来凤凰，花香便引来蜜蜂，引来了天南地北的"放蜂客"，酿造出闻名遐迩的狼牙蜜。狼牙蜜是蜜蜂采集狼牙刺花内或花外蜜腺的分泌液，掺入自身上腭分泌物，经充分酿造而成的上等蜂蜜。它含有葡萄糖、果糖和人体所需的多种维生素、氨基酸、活性酶。色泽清亮透明，味道醇香馥郁，甘甜爽口。具有食用和药用的双重功效。《本草纲目》有"蜜出氐、羌（今甘肃陇南）最胜，甘美耐久，全胜江南"的记述。可见，两当狼牙蜜久负盛名。2007 年 11 月，两当狼牙蜜荣获第 14 届中国杨陵农业高新科技成果博览会"后稷奖"。狼牙蜜成为两当人的后稷，因而两当也有了"狼牙蜜之乡"的美誉。

　　狼牙刺成就了狼牙花，狼牙花成就了狼牙蜜。狼牙蜜如今已经成为两当人一张亮丽的名片，狼牙刺也就成为两当人的宝贝。狼牙刺又名白刺花，豆科落地灌木，株高不过两米。枝为棕色，上具锐刺，叶为羽状复叶，花萼为钟状，色呈下蓝上白，长约 15 毫米。在两当海拔 800 米至 1200 米的浅山丘陵数百平方千米的范围内，生长着数万亩狼牙刺花。狼牙刺既然是两当的宝贝，那就得细心抚育，精心呵护。在两当，损毁狼牙刺者视同毁林，要受到众人的谴责和经济的处罚。在国家实行退耕还林政策以来，全县将大量的荒坡荒地还林还草，为狼牙刺提供了充分的繁育生长空间，狼牙刺花的面积比过去扩大了一倍多，使狼牙蜜的酿造有了充足的蜜源花粉。

狼牙花儿香，狼牙花蜜甜。每年 5 月，狼牙刺花开的时候，荆楚、川渝、云贵、宁青以及陕西等地的"放蜂客"，便通过铁路、公路载着一车车蜜蜂，嗅着狼牙刺的花香一路追踪而来，似千军云集两当，安营扎寨"赶花场"。这时候，县上的养蜂接待站便会调拨专用物资，派出专人专车全力以赴，热情接待这些远道而来的贵客，帮他们踩点安家，为他们送上油盐米面等生活必需品。于是在穿越县境的宝成铁路、华双公路沿线，以及纵横交错的县乡公路两旁，便会突然冒出一顶顶白色或绿色的帐篷，数万箱蜂群围绕其间。阵势庞大，气势恢宏。那些远道而来的蜜蜂一点也不认生，一到驻地，工蜂就成群结队地外出觅食采花。田野里，万千蜜蜂穿梭飞舞的"嗡嗡"声不绝于耳。此时的两当晴多雨少，气候温暖宜人，平均气温在 25 摄氏度左右，是蜜蜂采花酿蜜的最好时节。蜜蜂们也善解人意，早出晚归，不失时机地辛勤劳动，为主人酿造出最好的狼牙蜜。据统计，两当每年接待 200 多户，40000 余箱外地蜂群。正常年景，在狼牙刺 20 多天的盛花期内，可生产优质狼牙蜜 350 吨到 400 吨，一个拥有 200 箱蜂群的养蜂户，可产蜜 5 吨，毛收入 10 万元。自实行精准扶贫以来，全县建立起 20 多家电商扶贫网站，每年有 100 多吨狼牙蜜通过电商扶贫网站销往全国各地，为贫困户增收 300 多万元。

狼牙蜜成就了人们物质生活的甜蜜，也成就了人们精神生活的甜蜜。在两当河与嘉陵江交汇的县河口放蜂点，流传着一个两代"放蜂客"

数十年不变的真情故事。

那年 5 月，也正是狼牙刺花盛开的时候，湖北"放蜂客"老张和四川"放蜂客"老王夫妇二人同时来到两当"赶花场"，在县河口放蜂点相遇相识。两家帐篷挨帐篷，蜂箱靠蜂箱，成为好邻居。一天，老张乘村上的手扶拖拉机去镇上赶集，拖拉机出了车祸，老张被摔出车外，左腿骨折。老王连夜拉着架子车把老张送到县医院及时救治。老张受伤住院，蜂群还得照常打理。老王夫妇带着一个 6 岁的儿子，承担起两家数百箱蜂群的管护工作。查巢、清巢、晒箱、除虫、取蜜、摇蜜、换巢础，老王两口子从早到晚忙得腰酸背痛。等到老张伤愈出院的时候，一季"花场"也赶结束了。两家蜂群相差无几，老张却比老王多产了 150 斤蜜。老王说，那是人家的蜂箱大。老张那叫一个感动啊！他对着老王夫妇双手作揖，却硬是说不出一句完整的话。从此，两家约定一起踩点放蜂"赶花场"，有福同享，有难同当。

老张、老王如当初所约，年年都一起来到两当"赶花场"。20 年后，老张和老王已经从放蜂的岗位上退休。老张的儿子小张和老王的儿子小王接了父辈的班，成为新一代"放蜂客"。两人谨遵父辈所约，仍然一起踩点放蜂，一起来两当"赶花场"。小张、小王互帮互学，互敬互爱，不是亲兄弟，胜似亲兄弟。他们的蜂群比过去扩大了两倍，一年赶春夏秋三季花场，纯收入上百万元，各自家中都盖起了两层小楼房，买了小汽车。"放蜂客"的小日子过得和狼牙蜜一样的甜蜜滋润。

后记　为活着的意义而写作

　　人生伴岁月出生、长大、成熟；文学和人生结缘、恋爱、结果。人的一生中会做许许多多的梦，美好的、浪漫的、天真的、恐怖的，而我还比别人多做了一个梦，即文学梦。一切尘世之繁华皆是过眼烟云，金钱地位、鲜花掌声、青春年华终究都会随风而逝，唯有代表思想的文字会留下来。我不是山，但我有着和山一样坚实的意志；我不是水，但我有着和水一样多情的心态，这便是我对文学的态度。写作是我生命和生活的重要组成部分。每当看到自己的作品变成铅字在报刊发表后，心里比吃了蜜还甜。此刻，我觉得充分体现了自己的人生价值和活着的意义，文学给了我人生无比的乐趣。

　　我为生命的价值、活着的意义而写作。

　　文学是以人为本的一门社会科学，是文学艺术家提供给人类的精神食粮，予人寓教于乐之中。文学对人的潜移默化的教育作用是任何东西都替代不了的。例如古典文学名著《水浒》《三国演义》《西游记》，现代文学名著《钢铁是怎样炼成的》《红岩》等作品，至少对我们20世纪50年代过来的那一代人的人生观、价值观的形成起到了至关重要的作用。我想如果没有文学这种精神食粮来调剂生活，生活将会是多么的乏味。人即使每天锦衣玉食，也不会感到幸福快乐；人即使拥有华丽的外表，也不会有善良美丽的心灵，甚至会邪恶无比。那样的话世界将是多么可怕！

　　然而，文学之路又是一条异常艰辛之路，就像是从海平面一步步走来，要去攀登青藏高原上的珠穆朗玛峰。有的人登上4000米，有的人登上 5000 米，而大多数人刚走到山下，面对耸入云天的雪峰望而生畏，便止步了。很少有人能登上峰顶。即便如此，热爱文学，献身文学的人还是前呼后拥，络绎不绝，我便是这其中的一分子。我估计到我死的时候，也只能登上珠峰的一半，但是我却舍不得放弃。

文学是比天还高的天，文学是比海还深的海。徜徉在文学的海洋中是艰辛的，有时甚至有生活之虑，有是非之忧，但多数的时候心情是愉悦的。为了省去人事的纷扰，写作多在夜深人静的时候。那时思想最集中，文思最活跃。有时灵感来了，有了写作的冲动，即使夜再深，觉再香，人再困，也得披衣起床，否则，那些美妙的文字构思，精彩的故事情节一旦流失了，就有可能再也回不来了。有时候苦思冥想多半夜也写不出一个字来。有时有了好的构思，却迫于工作生活的压力、时间的限制，只能遗憾地放弃了。文学写作的这种艰辛，文学之外的人是无法理解的。即使再苦再累再难，我对文学的爱恋初衷未改。我此生没有别的本事，唯一能做的就是用手中的笔写我想写的，说我想说的，将感动过自己的人和事写出来，去感动读者。能如此我便问心无愧，无比欣慰了。

我生在新中国，长在红旗下，生逢其时，幸运非常。虽无学历，却有幸参加了 1979 年 12 月两当历史上的首次招干考试，以优异成绩被录用为一名国家干部，随后又光荣地加入了中国共产党，并通过自考取得了编辑职称。本人一生受益于我们的好社会、好政策，因此，热爱社会主义、热爱共产党，是我一生忠贞无悔的信仰选择。这一坚定的政治信念也反映在我所有的文学作品中。

我出生于两当南部的云屏乡那云雾缭绕、重峦叠嶂的大山中。之所以取笔名山魂，就是寓意父母生了我，故乡的灵山秀水养育了我。我是父母的儿子，也是大山的儿子。事实上故乡的大山和它儿女们的生死存亡也是息息相关。20 世纪 60 年代初，山上的野菜和一种叫"救兵粮"的野果救了我的命，救了父老乡亲的命。我爱故乡的大山，我和大山的情结永远也割舍不断。后来虽然离开大山进了城，我因公因私还是时常回到大山之中，魂牵梦萦的依旧是故乡的大山。我生是大山的人，死亦是大山的鬼魂。我的文学作品有多半也是描写故乡的山水、故乡的人。

　　我真的从心眼里感恩故乡，感恩故乡的大山。因此，便有了《山之魂》《水之韵》《歌从云雾来》《云屏的那些景致那些事》等作品。我真心感恩曾经帮助过我的人，真心感恩那些有益于社会，有益于他人的人。《心中的牵挂》《真情像春水流过》等作品，便像大山里的山泉水一样自然而然，喷涌而出。我感恩我小学时的启蒙老师，便有了《火红的灯盏花》那篇从心底里流淌出来的文字。我特别感恩那些用鲜血和生命换来今天幸福生活的革命前辈及无数革命先烈。因而用发自内心的真情实感创作了《儿子圣地看母亲》《梦中红梅》《两当，那片红色的土地》《不朽的红色音符》《宁死不屈》等作品。我不仅热爱故乡的山、故乡的水，我也热爱伟大祖国的每一寸土地，创作了叙事和抒情兼而有之的《别样的周庄》《四川的春天》《益西卓玛和那片草原》《初识普陀山》等用心灵孕育的作品。

　　回过头来审视自己的人生和文学创作历程，要是说有什么可取之处的话，那就是在物欲横流的社会现实中，我始终坚守了自己的道德底线：老老实实做人，认认真真做事。始终坚守了文学的精神家园，我用真诚、用心血去写作。懂得感恩，知恩图报。为感恩而写作，为活着的意义而写作。痴迷文学一生，虽未成名成家，对人生、对文学能有以上的感悟，聊以自慰，此生无憾矣。